LA JEUNESSE D'ADRIEN ZOGRAFFI

Tome I
Codine

Panaït Istrati

Copyright pour le texte et la couverture © 2023 Culturea
Edition : Culturea (culurea.fr), 34 Hérault
Contact : infos@culturea.fr
Impression : BOD, Norderstedt (Allemagne)
ISBN :9791041836703
Date de publication : juillet 2023
Mise en page et maquettage : https://reedsy.com/
Cet ouvrage a été composé avec la police Bauer Bodoni
Tous droits réservés pour tous pays.

I

Une nuit dans les marais

La vie de l'oncle Dimi et des siens n'était qu'une sorte d'esclavage déguisé en liberté. Tout le produit de leur travail était absorbé par les dettes éternelles au propriétaire du terrain et à l'État : pour eux le beau froment, le meilleur maïs, le lait de la vache, les œufs et les poules. Pour les habitants de la chaumière, la soupe à l'eau, les haricots, et une mamaliga de mauvaise qualité.

Cette vie rendait les gens méchants. Oncle Dimi se soûlait le dimanche et battait sa femme qui, de peur, allait se cacher chez les voisins. Et tout prétexte lui était bon. Rien que pour sa lenteur à allumer le feu, l'oncle, à grands coups de botte, jetait sa femme la tête en avant dans les cendres de l'âtre. Alors la vieille mère se fâchait, prenait la *cobilitza* et allongeait à son fils quelques bons coups, qu'il encaissait en riant.

– Ivrogne !... Tant que vous êtes amoureux vous tirez une langue d'une aune pour avoir la jeune fille et quand vous l'avez, ce n'est plus qu'une chienne !...

Puis on envoyait le petit Adrien appeler la maltraitée, qui soulevait ses jupes en pleurant et montrait à sa belle-mère ses cuisses tachées de bleus :

– Je n'aurais jamais cru que mon Dimi me battrait comme ça ! sanglotait-elle.

– Qu'est-ce que tu veux, ma fille ! Tu savais bien que nous étions de pauvres gens « collés à la terre »... Fallait pas l'épouser ! La pauvreté et l'amour ne font jamais bon ménage. Souviens-t'en pour tes enfants.

Quoique âgée de soixante-dix ans, la bonne vieille faisait tout son possible pour soulager la pauvreté, qu'elle avait passée en héritage à ses enfants. Comme elle ne pouvait plus s'employer aux grands travaux des champs, elle se chargeait de toutes les besognes de la vie domestique : cuisine, élevage de bêtes et de mioches, lessives. Et comme elle voulait ramasser aussi des sous pour « ses aumônes », tous ses instants libres, tout son repos étaient employés à glaner des épis de blé derrière les moissonneurs, à ramasser les flocons de laine que les brebis abandonnent dans les chardons et à cueillir le pissenlit qui pousse au bord des fosses. On l'appelait également pour masser les enfants malades et les exorciser. Le soir, au repas commun, se considérant comme une bouche inutile, elle ne touchait ni au lait ni aux œufs, quand il y en avait sur la table, et se contentait d'un peu de soupe et de laiteron vert au vinaigre, ce laiteron dont les livres civilisés disent qu'il « constitue une excellente nourriture pour les porcs et les lapins ».

Deux fois par semaine, courbée sous le poids de sa cobilitza surchargée, la mère parcourait les cinq kilomètres qui séparaient la chaumière du marché de Braïla ; elle rentrait avec trente sous noués dans le coin de son mouchoir. Mais ces sous faisaient des miracles, car au bout de trois ou quatre ans on la voyait creuser un puits aux endroits de passage des charretiers, ou bien encore acheter tantôt un lit complet pour une fille pauvre en train de se marier, tantôt une vache avec son veau nouveau-né qu'elle offrait en aumône pour le salut de son âme.

Il arrivait aussi, mais très rarement, qu'oncle Dimi tombât sur la cachette où la pauvre femme serrait l'argent, et c'en était vite fait du puits, du lit et de la vache. Alors, l'âme de la pieuse Nédéléa était malade pendant six mois. Pour se retenir de se prononcer « le mot impardonnable », elle déambulait, hâve et triste, une main sur la bouche.

Adrien, le petit neveu – qui fut élevé dans la chaumière jusqu'à sept ans, et qui venait plus tard y passer ses vacances d'écolier –, était le témoin de ces malédictions de l'oncle Dimi, mais cela ne l'empêchait pas de l'aimer...

D'ailleurs, malgré ce qu'on pourrait croire, tout le monde aimait Dimi, depuis sa femme battue et sa mère volée jusqu'aux paysans qui l'appelaient à toutes les fêtes et à toutes les noces : c'est qu'il était un travailleur incomparable et un joueur de flûte comme on n'en trouvait pas deux dans la région. Sa faux tenait la tête des faucheurs, et sa flûte décidait les plus vieux et les plus moroses à s'engager dans la danse.

À part ça, il était sympathique, avec son air bourru doublé d'un humour qui maîtrisait le rire, sa face de tzigane aux sourcils riches et toujours froncés, l'impromptu de ses boutades.

Adrien l'aimait. Et l'oncle aimait son neveu. Ils étaient copains. Parfois, le petit copain reprochait au grand ses brutalités envers sa femme, mais le grand répondait :

– Attends d'être marié pour parler. La femme, c'est une sale affaire...

– Pourquoi tu t'es marié, alors ?

– Parce que c'est comme ça que ça se fait. Faut passer par là. Plus tard seulement, on s'aperçoit qu'il faut travailler pour deux, pour quatre, pour dix. Alors on boit pour oublier et on cogne pour se venger.

Adrien ne se tenait pas satisfait de ces réponses : il s'interposait chaque fois que l'oncle battait sa tante, sachant bien que Dimi était incapable de le frapper. C'est que le paysan aimait le fils de sa sœur aînée bien plus que ses propres enfants, et lui passait tous ses caprices, allant jusqu'à l'accompagner pour pisser avec lui quand il n'en avait nulle envie. Toute la passion du petit était de se trouver toujours et partout avec son oncle, mais surtout quand ce dernier prenait le fusil pour tirer les grives qui abîmaient le raisin, ou quand il attelait pour aller à la coupe du roseau, dans les marais.

Ah ! ces nuits dans les vastes marécages de l'embouchure du Sereth, comment les oublier ?

L'oncle Dimi n'avait pas de permis pour couper le roseau. Ce permis coûtait vingt francs par an, et il ne pouvait pas se le payer. Aussi partait-il à la nuit tombante, pour se trouver au marché de la ville voisine avant l'aurore.

Adrien flairait le départ aux préparatifs de l'après-midi : on donnait aux chevaux une nourriture supplémentaire et on les laissait se reposer ; puis on bourrait le sac de route avec une grosse mamaliga, quelques oignons et du sel. Pour boire, une plosca avec de l'eau.

Mais le meilleur signe qu'il y aurait un départ pour la coupe, Adrien le trouvait dans le costume de mendiant qu'endossait l'oncle, ainsi que dans son front plissé et son visage tragiquement soucieux, car on ne savait jamais comment cela finirait. C'était un vol, on volait ce que le propriétaire du domaine n'avait jamais labouré ni ensemencé ; et parfois, au lieu de se trouver le matin au marché, on se trouvait dans la cour du boïar, la charrette et les chevaux confisqués. Quelques hennissements des chevaux avaient attiré l'attention du Turc, garde des marais.

Un soir, l'oncle Dimi et Adrien étaient partis tard, pour ne pas être vus des voisins. Il y avait sept kilomètres à faire jusqu'au marais. Nuit de juin, air tiède, ciel étoilé. L'oncle conduisait, fumait et se taisait, pendant qu'Adrien, derrière lui, écoutait le bruit du vent dans ses oreilles et ne soufflait mot.

Une fois arrivés dans l'empire du silence, on détela les chevaux et on les attacha à la voiture, la musette d'avoine accrochée à la tête. Puis Dimi s'enfonça dans l'étang, la serpe à la main.

Il fallait aller loin, entrer dans l'eau jusqu'aux genoux, jusqu'au ventre même, le vol étant trop apparent aux bords des rives, mais l'oncle était fort, vaillant : pour atteindre les plus beaux roseaux et pour gagner au marché quatre francs, il n'hésitait pas à s'aventurer.

En partant, il recommanda à Adrien à voix basse :

– Fais attention aux chevaux... S'ils s'impatientent, jette-leur encore une poignée d'avoine, surtout à celui de droite qui est un sale animal. Et tâche de ne pas t'endormir, tu prendrais froid.

S'endormir, Adrien ? Mais c'était fou d'y penser ! Il attendait seulement que l'oncle eût tourné le dos et disparu pour se sentir le maître de tout : des chevaux, de la voiture, de l'immense étendue des marais, et même du vent et du ciel avec ses étoiles « sans nombre », ainsi que l'affirmait grand-mère.

Ce soir-là, comme si son cœur l'avertissait du drame qui devait arriver, il n'eut pas envie de « commander ». Debout dans la charrette, il suivit du regard l'avance de l'oncle d'après le remuement des roseaux hauts de huit pieds que le paysan écartait pour se frayer chemin, puis il se tint coi. De temps en temps, des vols d'oies et de canards sauvages, dénichés et épouvantés dans leur sommeil par cette visite nocturne, prenaient l'air avec de grands battements d'ailes. Au clair de lune, Adrien les contemplait avec émotion ; une forte envie le prenait de leur crier : « Prenez-moi aussi avec vous ! »

La brise légère et le murmure des roseaux lui chatouillaient les sens au point de lui faire perdre toute notion de lieu et de temps. Il aurait pu rester ainsi de longs moments sans bouger d'un doigt, car ces instants-là, il ne les trouvait pas dans la méchante vie de tous les jours, remplie de cris et de jurons. Quand un hibou perçait le silence de ses appels de mauvais présage, Adrien sursautait comme s'il s'était endormi.

Il y avait longtemps que Dimi était parti. Adrien tenait maintenant son regard fixé sur le faîte des roseaux, qui devait se pencher bien plus fortement au retour à cause des gros fagots que l'oncle traînait avec lui. Le mouvement se dessinait de très loin, puis il devenait de plus en plus distinct, et enfin, flanquant des grands coups à droite et à gauche, l'oncle apparaissait. Il apparut aussi cette nuit-là, mais déjà exténué du premier voyage, mouillé jusqu'à la poitrine et transpirant à grosses gouttes.

– Ah, c'est dur cette fois-ci... dit-il en laissant tomber les fagots et la serpe. Les eaux sont hautes et l'on a « chipé » tout ce qu'il y avait de facile à ramasser. Je dois aller chercher le roseau au bout du diable !

Il s'assit, s'épongea et roula une cigarette. Puis il parla comme pour lui-même :

– Je ne pourrai pas en couper beaucoup cette nuit : une petite charrette de trois francs, tout au plus...

Et se tournant vers Adrien :

– Eh bien, tu n'as pas faim ? Allons nous mettre un morceau sous la dent...

Il écrasa un oignon entre ses paumes, le saupoudra de sel et en offrit la moitié à son neveu en guise de rôti. Avec la mamaliga, cela leur parut très bon. Ils se passèrent la plosca.

– Sont-ils tranquilles, les chevaux ?

– Oui, répondit Adrien, mais celui de droite ne mange pas et braque tout le temps les oreilles au vent.

– La sale bête !

Il prit la serpe et s'en alla pour le second *droum*. On appelait *droum* le voyage d'où l'on rapportait deux fagots sous les bras ; et le soir, au retour du marché, on se disait : « C'était un chargement de dix, douze, ou quinze *droumouri*. »

Et cela pour trois, quatre ou cinq francs, pour des peines et des drames sans nom, comme ce fut le cas cette nuit-là.

On était au sixième droum et Dimi venait de repartir quand un hennissement perçant déchira le silence et le cloua sur place. Adrien fut glacé jusqu'à la moelle : il connaissait la colère de son oncle. Celui-ci apparut les mains vides, assombri. D'une voix de bon père il parla au cheval fautif, celui de droite :

– Alors quoi, bon Dieu ! Tu n'auras pas le mauvais goût de me faire des histoires… Qu'est-ce qui te manque ?

Il le soigna, le caressa, et dit à Adrien en partant :

– Reste près de lui… Il s'ennuie… Ne le perds pas de vue. Encore quelques fagots, tout juste pour que nous ne soyons pas la risée du marché – et nous partons.

Mais à peine disparu dans le fourré de roseaux, il revint en courant : le cheval avait lancé un nouveau cri !

– Sacré nom de la Vierge, je te mange les oreilles, tiens, si c'est comme ça !

Se jetant sur la bête, il lui flanqua un coup de pied dans le ventre qui résonna douloureusement. Le pauvre animal tressaillit sous le coup et tourna la tête pour regarder de ses bons yeux celui qui le frappait. Adrien tremblait, comme si c'était lui qui avait reçu le pied dans les entrailles. Il pria son oncle de ne plus battre le cheval.

– Attelons ! dit le paysan ; il n'y a rien à faire, il va nous trahir… Nom de tous les saints, voilà une nuit ratée !

Ils se mirent en route. Il faisait encore noir. Avant même de sortir des marais, la bête vicieuse refusa de tirer et s'arrêta net. Elle trépida sur place, ronflant des narines et prêtant les oreilles au vent. Dimi devint pensif.

Adrien l'interrogea :

– Pourquoi fait-il ainsi, oncle ?

– C'est un étalon, mon enfant ; il doit avoir flairé une jument dans le voisinage ; quelque paysan doit se trouver par ici près de nous, avec une jument. Ah, cela finira mal cette nuit !

L'oncle Dimi se signa trois fois en se découvrant :

– Que le Seigneur nous préserve du malheur !

Et il cracha de côté :

– Ptiu, démon, va-t'en dans le désert !

Il descendit, prit l'étalon par le mors et avança ainsi encore un bout de chemin ; brusquement, le malheureux animal hennit deux fois de suite dans la main de son maître. L'homme sentit ses cheveux se dresser sous le bonnet. Le sang lui monta à la tête. Il commença à frapper aveuglément, d'abord avec les poings, avec les pieds, puis avec une matraque arrachée à la voiture, et qui se cassa en deux sous la violence des coups.

Le cheval s'affola, son compagnon prit aussi peur, et tous deux partirent dans une course désordonnée. Ils sortirent de la route, entrèrent dans un champ en friche où l'oncle se trouva incapable de les maîtriser. L'étalon lançait des hennissements incessants et entraînait la charrette vers les marais, pendant que Dimi, en luttant pour le ramener sur le chemin, se voyait débordé, épuisé, près d'être écrasé, les vêtements tout en loques, la moitié du pantalon déjà perdue dans la course.

Alors se produisit l'horrible : tout en courant, Dimi planta la serpe dans le ventre de l'étalon et s'arrêta sur place. Le tranchant parcourut toute la longueur du ventre qui se vida. L'animal tomba foudroyé.

Adrien lâcha un cri et perdit connaissance, allongé sur les roseaux.

Il se réveilla dans un bruit de voix.

Faiblement éclairés par les premières lueurs de l'aube, l'oncle Dimi et le garde-marais parlaient, debout devant le cadavre du cheval qui gisait dans une mare de sang, les boyaux répandus tout autour de lui.

– Sois bon, Osman, disait l'oncle, ne me conduis pas à la cour. J'ai assez de malheurs, comme tu vois. Allons, sois bon, Osman !

Le Turc, énorme, le fusil sur une épaule, la musette aux provisions sur l'autre, face cuivrée et poilue, regard noir et intelligent, croisa les bras devant le malheur et dit dans un roumain à peine compréhensible :

– *Soyem bon... Non pouvem soyem bon, bré Dimi. Boyard payé, boyard servi !*

– Le boyard ne sera pas moins riche...

– Evète Boyard riche, ma' Dieu borgne !

Puis, les yeux hagards fixés sur la bête éventrée, il prononça le verdict qui soulagea le cœur meurtri du paysan :

– Allem, partem... Ma' non parleme !

Et tournant le dos au drame il s'éloigna à pas lourds. Dimi abandonna le compagnon qui lui avait rendu tant de services, s'attela à sa place et prit le chemin du village, après avoir déchargé les fagots.

L'étoile du Berger brillait de tout son éclat d'opale sur l'horizon empourpré du levant, quand Adrien, se séparant péniblement de son meilleur ami d'enfance – le bel alezan à la démarche fière, aux yeux vifs, au sang bouillonnant, qui traînait avec mépris sa baraque à quatre roues –, se mit à suivre la charrette de l'oncle Dimi comme on suit un corbillard. Et de nouveau, dans son désespoir, il revint, au bout de vingt pas, à la bête couchée sur le gazon, se jeta sur les yeux à jamais fermés, les baisa éperdument, et baigna de ses larmes ces naseaux qu'il avait si souvent caressés.

Puis, allant à reculons, il laissa l'espace s'étendre entre lui et la « plus noble conquête » de l'homme ignoble ; le lieu de l'épouvante disparut.

Le cortège funèbre traversait maintenant un petit bois de ronces, de buissons et d'arbustes. Les grenouilles, les rossignols, les merles, les cigales assoupissaient déjà leurs hymnes dans la somnolence matinale. Mais ils ne se sont pas encore entièrement tus que la mésange, la caille, le loriot, reprennent le concert interrompu et se baignent dans l'air frais et pur du matin, qu'ils remplissent de leur babillage joyeux et varié, de leurs louanges au Créateur.

Au ciel et sur la terre, la vie reprenait sa marche, élevait ses chants sincères, appelait au bonheur – pendant que l'homme semait la mort et descendait plus bas que l'animal.

Le chemin de l'oncle Dimi passait devant le cabaret de son frère aîné, l'opulent oncle Anghel. Quand Dimi s'arrêta, exténué, pour prendre un verre, son aîné vaquait déjà à ses affaires depuis un bon moment. Fraîchement débarbouillé, cheveux et barbe soigneusement peignés, il trépidait, en bras de chemise, et mettait en ordre sa « batterie ». Dimi entra dans la boutique comme un automate. Anghel, myope, aborda son frère en chantonnant, mais recula aussitôt, effrayé par la mine terreuse et les vêtements ensanglantés de Dimi :

– Qu'as-tu fait, malheureux ?

Adrien se jeta sur la poitrine du cabaretier, en sanglotant :

– Il a... tué... l'étalon, oncle !

Le paysan, assis sur le banc et regardant le sol, confirma :

– Oui ; j'ai tué l'étalon...

Anghel posa l'enfant et bondit dehors, pour s'en convaincre : il vit l'attelage de droite vide, et, près de lui, le cheval dépareillé qui penchait tristement la tête.

Il revint à pas lents, le visage blême, muet, il se versa de l'eau-de-vie et but avec son frère. Celui-ci le mit brièvement au courant et conclut, la gorge étranglée :

– C'est comme ça... C'est mon sort. Plus jamais je n'aurai une si belle bête... Il avait à peine sept ans.

Puis, regardant ses mains pleines de sang :

– ... J'ai pu l'acheter à force de manger du laiteron au vinaigre et de la polenta. *J'ai voulu l'avoir !*... Je n'aime pas les rosses...

Anghel se dressa de toute sa belle taille, les mains dans les poches du pantalon :

– Dimi ! Écoute : je te donne mon cheval, qui n'est pas une rosse... Prends-le tout de suite !

L'autre, abattu, les yeux toujours fixés au sol, gémit entre ses dents serrées :

– Je n'en veux pas, de ton cheval...

Le bon Anghel s'attendait à cette réponse. Ce n'était pas pour l'accepter aujourd'hui que Dimi avait toujours refusé son aide. Il insista, pourtant :

– Allons, ne sois pas entêté ! Je t'en achète un, si tu ne veux pas du mien.

– Garde ton argent...

– Que feras-tu, alors ? Il te faut bien un second cheval, pour te nourrir.

Prostré, Dimi murmura d'une voix éteinte :

– Ce que je ferai ? Eh bien, je vais te le dire : je chargerai mon fusil avec des balles à sanglier ; j'attendrai ce soir le propriétaire dans la fosse qui longe le côté où passe son cabriolet, je lui enverrai dans les reins « deux crachats » à bout portant. Voilà ce que je ferai...

– Et tu iras au bagne...

– Et j'irai au bagne...

Avant de venir loger dans cette cour, nous avons habité pendant plusieurs années, à l'époque la plus consciente de mon enfance, dans le quartier de la Comorofca, à deux cents pas d'ici. Ma mère est ainsi faite : elle déménage d'un endroit, dès qu'elle y sent que les intrigues vont l'entraîner dans leur tourbillon. Et encore avons-nous passé ces dix dernières années dans deux quartiers seulement ; mais quand j'étais petit, il nous arrivait de déménager deux, trois fois par an : à Saint-Georges et à Saint-Démètre, au printemps et en automne.

Faut-il vous dire combien ces changements de quartier étaient pour moi riches en émotions ? Pâques et Noël eux-mêmes ne représentaient pas à mes yeux d'aussi gros événements. Ainsi j'ai connu les quartiers, les « oulitza », les plus caractéristiques de notre ville : le russe, le juif, le grec et le tzigane. Et partout j'ai fait connaissance avec des mœurs et des habitudes nouvelles. Mais ma mère, en m'annonçant le régal d'un déménagement, toujours triste pour elle, me disait, après en avoir vu de toutes les couleurs : « Les nations prient Dieu de bien des façons, mais elles le bafouent de la même manière. »

Chaque changement de demeure coûtait à maman trois jours de travail, et c'était pour elle navrant – sans parler de la fatigue, de la casse et d'autres déboires. Quelques semaines avant le terme, elle s'en allait comme une lionne battre la banlieue, le nez en l'air pour apercevoir l'énigmatique petite affiche dont les deux mots « À LOUER » lui étaient aussi clairs qu'ils l'auraient été à une personne sachant lire. Elle partait de bon matin et rentrait à la tombée de la nuit, et je ne me souviens pas si elle revint jamais sans avoir trouvé le logement voulu et versé des arrhes. Puis, la veille du déménagement, c'était la dure journée du nettoyage des deux chambres, lesquelles étaient presque toujours abandonnées par l'ancien locataire dans un état lamentable de saleté. Elle lavait la boiserie à l'eau chaude, pourchassait les punaises, arrachait les clous innombrables, bouchait – avec du savon, du soufre et de la pâte empoisonnée – toutes les fentes des murs et les trous de souris, passait deux couches de chaux blanche sur le mur et enduisait le sol avec de la glaise jaune mêlée de boue ; car ma mère se méfiait des planchers qui cachent des nids de punaises. Enfin, le jour arrivé, c'était l'amusant voyage derrière la charrette transportant le bagage, quand maman portait avec les plus grands égards nos deux belles lampes à pétrole, et moi le réveille-matin, seuls objets qu'elle ne voulait plus emballer depuis le plus malencontreux de ces déménagements (pour moi mémorable), quand elle trouva ses lampes en morceaux et son réveil détraqué.

J'avais douze ans ; nous installions notre nouvelle demeure par une journée pluvieuse de fin d'avril. Le soir, très tard, tous les meubles mis en place tant bien que mal, ma mère, éreintée, se laissa choir sur le bord de son lit, dans l'antichambre qui servait aussi de cuisine, et me dit :

– Voilà, mon enfant ! C'est fait... Nous sommes descendus un rang plus bas... Nous voilà dans la Comorofca, le quartier le plus mal famé de la banlieue. Que Dieu nous garde contre les malfaiteurs ! mais j'ai dû venir ici pour économiser deux francs par mois sur le loyer. Ça fait vingt-quatre francs en un an, le prix d'un vêtement pour toi. Tâche d'être sage, mon petit, comme tu l'as été jusqu'à présent... Dans ce quartier, les gens sont féroces, et il ne faut point se mêler à eux : les hommes tuent, les gamins se cassent la tête et s'arrachent le peu de vêtements qu'ils ont sur le corps. Tu ne me feras pas le chagrin de prendre part à leurs jeux et à leurs querelles : j'en mourrais de douleur.

Maman était alors à court d'argent. Une maladie, à la suite d'un refroidissement pendant le précédent hiver, l'avait tenue au lit plus d'un mois et lui avait fait dépenser toutes ses économies. Après cela, autre chose : car un mal ne vient jamais seul ; guérie, elle trouva une partie de ses « maisons » prise par d'autres blanchisseuses. Cela la laissait sans travail une semaine par mois, ce qui signifiait pour nous bien des privations, car ma mère n'a jamais voulu s'endetter d'un sou chez l'épicier ni emprunter ces « brassées de bois » ou ces « tamis de farine de maïs » qu'on oublie toujours de rendre. Avec ça elle se faisait un scrupule de m'habiller proprement et de ne jamais me laisser marcher pieds nus. Quoique nous fussions, selon le mot, « besace sur le dos », elle s'arrangeait de manière à trouver toujours un propriétaire qui l'acceptât avec son enfant « pas turbulent », et avec ses six poules, bonnes pondeuses « qu'on gardait enfermées » ; car, pour ma mère, à part son fils, toutes les joies de la vie étaient dans les poules et les poussins qu'elle nourrissait avec des débris de pain rapportés de ses « maisons » et aussi dans les nombreuses fleurs en pot qu'elle soignait matin et soir, tenant avec elles de longues conversations, les flattant pour leur beauté ou les questionnant sur les causes de leur tristesse inexplicable.

Une fois par mois, oncle Dimi – et tous les six mois, oncle Anghel – venaient nous rendre visite et nous apporter ce qu'ils avaient : un peu de bois, de la farine de maïs, des haricots, courges ou pommes de terre, du vin et de l'eau-de-vie. L'oncle Anghel, plus riche, demandait à maman si elle avait besoin d'argent, mais elle répondait invariablement :

– Non, frère ; merci à Dieu : le travailleur, lorsqu'il est en bonne santé, ne manque pas du nécessaire.

Telle était notre situation en arrivant dans la Comorofca, mais l'état de la Comorofca était bien au-dessous de notre condition même.

Ce quartier a un peu changé d'aspect au cours des dix dernières années. C'était alors l'agglomération la plus miséreuse de la ville, et, en même temps, le seul faubourg où la police ne se hasardât jamais la nuit. Je n'en savais rien, mais je l'appris le jour même de notre arrivée.

La voisine de droite, amie d'enfance de ma mère et propriétaire de sa maison, ainsi que la brave veuve qui venait de nous louer deux chambres, vinrent nous prêter leur aide, prirent les repas avec nous et dirent tout ce qu'il fallait pour que je fusse au courant de l'atroce vie d'alentour. Elles plaignaient ma mère :

– Dommage, pauvre Zoïtza, que tu en sois arrivée là !... C'est vrai que tu n'as point de fille à l'âge des amours, et point de garçon pour disputer au couteau les amoureuses du faubourg à tous ces chenapans ! Mais, vrai, c'est un triste milieu pour élever un enfant, même s'il est sage comme le tien... Figure-toi, ma chère, que ces voyous sont fiers de suivre l'exemple de leurs aînés : à treize ans, ils fument, ils volent dans le port, ils se soûlent, « déflorent » les gamines et jouent du couteau !

Tout le long de cette journée, elles ne cessèrent pas de décrire le quartier ; et ma mère, très pudique, ayant grand peur que j'écoute des choses « pas pour les oreilles des enfants », ne cessait de froncer les sourcils, de toucher du coude et du pied ses amies, afin de les faire taire.

Ce qui me fit ouvrir les oreilles et me rendit curieux, ce fut quand elles commencèrent, au thé du soir, à parler à mi-voix de nos voisins de gauche. J'étais mal placé pour entendre et je ne voulais pas déplaire à ma mère en faisant l'indiscret. Les deux bonnes femmes écarquillaient les yeux et prenaient des mines terreuses, se mordaient les lèvres, sifflaient au malheur et hochaient la tête. Les mots « mère Anastasie », « Codine », « pauvre femme », « assommeur », revenaient incessamment dans leurs propos à voix basse. Et je compris qu'un homme méchant nommé Codine venait de sortir de prison ; que cet homme chambardait tout le quartier, cherchait chicane aux uns et aux autres, et frappait du couteau.

Ce soir-là, je me couchai rempli de terreur ; longtemps je ne pus m'endormir. Des murs de la nouvelle chambre se dégageait une bonne odeur de chaux ; mais du sol – enduit de bouse et de crottin en trop grande quantité – montait une exhalaison fétide qui me soulevait le cœur.

Les premiers jours dans la Comorofca ne m'apportèrent rien de particulier.

J'allais à l'école, c'était loin, et je prenais mes repas dans la classe avec les enfants pauvres habitant comme moi dans la banlieue. Mais le dimanche suivant, je sortis pour aller en reconnaissance, et un nouveau monde se découvrit à mes yeux.

La place de la Comorofca présentait l'aspect d'un vaste terrain en amphithéâtre, ovale, avec, aux extrémités, deux issues : l'une vers l'abattoir – peu fréquentée –, l'autre vers la caserne de cavalerie, par laquelle on communiquait aussi avec la ville et le port. La place avait au moins deux hectares de surface, et tout autour les petites maisons s'alignaient en désordre avec leurs façades badigeonnées à la chaux blanche ou jaune, éclaboussées de boue ; avec leurs deux fenêtres peintes en bleu outremer ou vert criard ; avec leurs cours défoncées, aux portes et palissades chancelantes. Au milieu, il n'y avait pas moins d'une vraie enceinte d'ordures domestiques, des monticules de saletés, des trous et de petites mares d'eau verte où gisaient des cadavres de chats, de chiens, de poules et de pourceaux, que venaient dévorer les gros porcs affamés pataugeant dans les flaques et fouillant du groin.

Ah ! cela ne me faisait pas plaisir !

Notre maison était à l'extrémité de l'ovale qui s'ouvrait vers la caserne et la ville. Presque face à nos fenêtres, du côté opposé au grand rond qui servait de terrain d'exercice à la cavalerie, se trouvait le fameux cabaret de la veuve Angélina, que le terrible Codine avait rendu célèbre, et qui fut fermé par la police après son second et dernier crime. Là, buvaient, criaient et dansaient des jeunes gens, aux sons d'un orgue de Barbarie qui hurlait lamentablement une chanson nouvelle ; et devant le cabaret, des garçons de tous âges, endimanchés avec une chemise propre, fumaient des cigarettes et croquaient des grains de tournesol – enviant ceux qui pouvaient danser et se soûler.

C'était l'après-midi. Le soleil, que je connaissais jusqu'alors comme un ami généreux, soulevait ici des miasmes pestilentiels qui montaient surtout des tas de choucroute pourrie jetée à la rue par fûts entiers dès l'arrivée du printemps. Dégoûtés, mes yeux cherchèrent vers l'abattoir, où se dessinaient au loin de la verdure et de l'espace, et je m'en allai vers cet espace sauveur.

Devant chaque porte, sur la route défoncée, les femmes restaient accroupies et bavardaient, croquant des grains que des vendeuses lipovanes versaient dans le creux de leur tablier. On me dévisageait de façon gênante, comme la nouveauté du jour ; en effet elles avaient raison : j'étais le seul gamin proprement habillé, chaussé de bottines et portant un faux col. Courant comme des possédés sur le terrain vague, des dizaines de gosses jouaient nu-tête, nu-pieds, en loques, sales, maigriots et méchants. Je rougis jusqu'aux oreilles en voyant, pour la première fois, leurs organes génitaux, que certains d'entre eux laissaient sortir de leurs guenilles.

À peine eus-je quitté les dernières maisons du quartier qu'un grand air printanier, prématurément chaud, m'enveloppa dans son odeur de campagne humide. Les herbes sauvages se dressaient partout, joyeuses et luxuriantes. Et alors j'aperçus qu'entre moi et l'abattoir, il y avait une large fosse, vestige des anciennes fortifications de Braïla, où passait le chemin de fer entre deux pentes d'herbes sillonnées par des sentiers.

À l'instant j'oubliai mon dégoût du quartier ; et m'élançant sur un des chemins, j'ouvris les bras et m'écriai joyeusement : « C'est beau ! »

Mais à ce moment même, j'entendis siffler derrière mon dos. Je me retournai : un homme, allongé dans un creux de terrain, me faisait signe d'approcher. Je vins. C'était un faubourien dans la trentaine, très proprement endimanché, et même avec luxe, dirai-je, un luxe baroque et populaire.

De condition athlétique et d'aspect imposant, l'homme restait appuyé sur un coude et souriait aimablement. Son visage, que déformaient des muscles trop saillants, portait, en maint endroit, des traces de coupures de rasoir encore saignantes et pansées avec des petits bouts de papier à cigarette. La moustache était noire, très entortillée ; les cheveux encrassés d'huile parfumée, bêtement peignés. En bras de chemise, son veston jeté sur l'herbe, il montrait glorieusement un plastron et des manchettes rayés de fils jaunes et blancs, ainsi qu'un gilet et des souliers, brodés à la main, en laine multicolore. Au bas de son torse herculéen était enroulée, à plusieurs tours, une large ceinture de laine blanche qui cachait mal un gros couteau dans sa gaine. Près de lui, son chapeau neuf et un terrible bâton noueux en cornouiller fumé. N'étaient le regard de ses yeux naturellement féroces et sa taille d'assommeur, j'avais devant moi un de ces travailleurs du port qu'on appelle « wagonneurs », grands buveurs et amoureux farouches des jours de fête.

Je ne sais pourquoi, malgré mon aversion pour leur vie épouvantable, j'avais moins peur de ces hommes-là que d'un gamin lançant adroitement sa pierre – et je me sentais attiré vers le mystère de leur existence tourmentée, sans avoir osé les approcher jusqu'alors.

J'allai courageusement vers l'homme qui m'appelait et j'ôtai mon chapeau.

– Dis-moi, petit, fit-il sans se lever, serais-tu assez gentil pour porter ce billet à la maison que tu vois ?

Sans attendre ma réponse, il me montrait :

– Là, à gauche, la troisième après le coin ; tu demanderas Irène, et tu attendras qu'elle lise et réponde : oui ou non. C'est tout. Va, mon brave, va vite !...

Je courus avec plaisir. Dans la cour de la maison indiquée, sur ma demande une jeune fille apparut, parée pour le dimanche et très belle, mais les yeux en pleurs et le regard méchant, sournois. Elle lut rapidement. Elle me tournait déjà le dos en répondant :

– Je verrai... sais pas... dis-lui que j'sais pas.

Je rapportai la réponse. L'homme se mordit la lèvre, fit grincer ses dents, tandis que se gonflaient de façon hideuse les muscles de sa face. Aussitôt après luisait sur sa figure un sourire de bon bourreau, et il disait d'une voix basse :

– Attends que je te donne ton sou !...

Il tira de sa poche une de ces bourses en canevas avec des fausses perles et des franges, que les prisonniers fabriquent dans les maisons centrales ; il m'offrit une pièce en cuivre. Je dis :

– Merci, monsieur : je n'accepte pas...

Très étonné, il laissa tomber sa main :

– Tu n'acceptes pas ? Pourquoi ?

– Parce que ma mère me dit qu'il ne faut rien accepter quand on rend un service...

– Tiens ! Ça, c'est pas mal...

Il se mit sur son séant.

– Dis-moi un peu, mon garçon, tu ne t'es pas égaré, par hasard, dans la Comorofca ?... Ta mère, qui c'est ? Où habitez-vous ?... Et ton nom ?...

J'eus envie de rire devant sa mine intriguée et son avalanche de questions. Je le renseignai sans hésiter. Quand je prononçai le nom de la propriétaire, il tapa l'herbe de sa main lourde et s'écria :

– Nom de Dieu ! Nous sommes voisins. Je m'appelle Codine. T'as entendu parler de Codine ?

Je ne peux savoir si le pauvre homme disait son fameux nom pour me faire plaisir ; mais je sais que moi, en l'entendant, je reculai. Ça, Codine ?... Oui, et il avait bien l'air de sa renommée... Honteux de mon mouvement, je fis semblant de me tenir calme. Il s'en était aperçu.

– Ah ! – et il se leva, pareil à une cheminée d'usine : Toi aussi, tu penses mal sur mon compte. Et pourquoi, hein ? Dis, petit, pourquoi ?... Je t'ai fait mal, à toi ou à ta mère ?...

Je ne pouvais pas lui dire qu'on parlait de lui comme d'un assommeur ; lui me prit par le menton :

– Sais-tu ce que c'est : faire mal à quelqu'un ?

– C'est le faire souffrir, dis-je.

– Non, mon bonhomme... Tu n'y es pas. Le mal, le seul mal, c'est l'injustice : tu attrapes un oiseau et tu le mets en cage ; ou bien, au lieu de donner de l'avoine à ton cheval, tu lui fous des coups de fouet. Voilà des injustices. Il y en a bien d'autres. Alors, toi, tu es épouvanté en apprenant que je suis Codine ?... Vois-tu, mon garçon, tu ne me parais pas comme ceux de chez nous : tu es le premier enfant qui m'ait jamais dit qu'il ne faut pas recevoir d'argent en rendant un service ! Qu'elle soit heureuse, ta mère, mon petit, mais sais-tu comme c'est joli ce qu'elle t'apprend ? Ici, chez nous, c'est à l'envers que les choses se passent : à qui offre un sou, demandes-en deux... Et j'ai plaisir à être ton voisin... Un petit homme aussi délicat que toi... ça se voit dans notre quartier plus rarement que les éléphants. Tu dis que tu t'appelles Adrien ? Veux-tu, Adrien, que nous soyons amis ? Tu m'apprendras ce que Dieu et ta mère t'apprennent, et moi, je te dirai ce que je sais, car j'en sais beaucoup, Adrien, mais je suis bête, une bête capable de faire éclater une pierre d'un coup de poing. Alors, veux-tu, Adrien, que nous soyons amis ?

Codine roulait de petits yeux vifs et intelligents, et quoiqu'il n'y eût rien de doux dans l'expression de sa figure musculeuse, saillante, brutale, il m'attirait pourtant par une force, une volonté contre laquelle je ne pouvais pas me défendre. Ce qui contribuait à adoucir la férocité de cette face mâle aux maxillaires de fauve et la rendait pour ainsi dire humaine, c'étaient ses dents blanches, d'une blancheur et d'une régularité parfaites. L'apparition de ces dents-là, dans un rire franc et bref, projetait soudain une lumière inattendue, chassait la crainte et imposait la confiance.

Ce qu'il me disait sur la délicatesse de mes manières n'était pas nouveau pour moi. Mais voilà ce qui me paraissait nouveau et me frappait : son désir d'obtenir mon amitié, et aussi son besoin de paraître à mes yeux autre chose que ce qu'on affirmait de lui. J'étais un garçon dégourdi, développé pour mon âge, point timide. Je lui répondis :

– Je ne peux rien vous promettre avant de demander l'avis de ma mère.

Il parut attristé :

– Non !... dit-il. En ce cas, mieux vaut que tu ne lui dises rien ; j'aurais voulu que tu penses par toi-même... Ta mère, elle, ne peut penser autrement que tout le monde. Allons, adieu, Adrien !... Et merci pour ta commission !...

Il s'éloigna, traînant sa matraque, sa veste jetée sur une épaule et les bras écartés du corps, comme font les athlètes.

La nuit qui suivit cette mémorable rencontre fut pleine de réflexions. Je ne dis rien à ma mère, mais mon trouble était grand. Par nature, j'étais fortement incliné à avoir de l'affection pour des personnes beaucoup plus âgées que moi. L'amitié des garçons de mon âge, ne s'assemblant que pour former des équipes de batailleurs, me répugnait. L'hostilité était chez eux si naturelle qu'il suffisait qu'un gamin inconnu passât sur la rue pour qu'il reçût aussitôt sa pierre. Ma mère en était épouvantée, et moi encore plus qu'elle.

Mon désir de m'attacher à des amitiés raisonnables s'en trouvait renforcé. Il me semblait très naturel d'être l'ami d'un homme trois fois plus âgé que moi, et voilà pourquoi Codine tombait à propos et ne se trompait pas. Mais, mon Dieu, celui qu'on nommait assommeur, cet ancien forçat, d'où tirait-il son désir de s'attacher une délicate amitié, si tout son passé était fait de violences ? Du moment que tout le monde l'affirmait, cela ne pouvait pas être une invention, tout de même !... Et, trop jeune, incapable de poursuivre solidement mes raisonnements, je peinais à essayer de découvrir la vraie cause de tout cela. Pourquoi voulait-il mon amitié ?... Et que pouvait lui faire qu'un garçon fût délicat ou grossier ? Encore une autre question : par quels moyens avait-il pu remarquer mon caractère à propos d'un fait banal ?

Mon désappointement fut grand, mais mon désir de résoudre le problème fut si fort que, pendant les journées qui suivirent ce dimanche, je me mis à épier les mouvements de Codine. Cela dura pendant plus d'un mois.

Le soir, avant le retour de ma mère, j'étais dehors. À la tombée de la nuit, le cabaret d'Angélina s'emplissait des travailleurs du port qui venaient « se remettre ». Courbés, encrassés de poussière, les épaules déchirées par le sac, mais tous jeunes et costauds, avec, dans les poches, des « journées » quatre fois plus fortes que les salaires quotidiens les mieux payés, ils « se remettaient » en ingurgitant verre sur verre l'eau-de-vie brûlante ou du vin douteux. Sur le brasero, des armées de petits poissons vivants étaient jetées sans interruption, répandant au loin la fumée de l'appétissante friture. Avec l'apparition des étoiles sur le ciel arrivaient des violonistes tziganes ; puis une partie des buveurs, triée sur le volet, se lançait dans les libations les plus vertigineuses. Alors, au beau milieu des chants et des danses qui faisaient trembler la terre, qui renversaient les tables et cassaient les assiettes, les « amis » se rappelaient brusquement des rancunes oubliées, des offenses, des revanches manquées, des vengeances endormies. Ils se rappelaient, soudain, qu'une vraie partie de plaisir n'a point de piquant sans quelques mâchoires de travers, un crâne fendu avec une bouteille, un œil ou un nez rendus méconnaissables. Enfin (à tout seigneur tout honneur !), les dimanches et les jours fériés étaient honorés d'un sang plus abondant, celui qui sort d'un cœur atteint par la pointe du couteau, ou qui jaillit, avec les intestins, d'un ventre ouvert.

Mon Codine était de ces parties-là !... Il en était, mais à sa façon. D'abord, c'était lui « le géant du port » ; c'était Codine : par sa taille de deux mètres, sa capacité de travail, sa force dans les rixes, ses années de bagne, mais aussi par sa « sagesse » (si vous voulez ne pas rire), par sa « valeur morale ».

Cette « valeur morale » était interprétée à la manière du

faubourg. Les personnages compétents disaient : « Personne ne sait ouvrir un ventre ou crever un cœur *avec plus de droiture que Codine.* » On disait encore : « Codine n'est pas à craindre ; ce n'est pas un *traîne-ceinture.* » En effet, je le vis par moi-même : Codine était le dernier homme qu'il fallait craindre, et le premier qu'il fallait redouter.

Buveur et mangeur comme « les sept hommes qui n'auraient pas pu, sans armes, le mettre à terre », et taciturne comme un ours, Codine – debout devant le cabaret, un pied sur une chaise, une fleur de géranium sur l'oreille, et propre malgré les « deux wagons de céréales abattus à lui tout seul » –, Codine faisait disparaître dans sa bouche de chimpanzé, et avec une élégance d'ogre, des douzaines de petits poissons grillés et d'autres douzaines de tranches de foie frit, vidait cinq litres de vin « le temps d'étriller un cheval » ou de « rosser une femme », et pendant ces heures de félicité terrestre, ne perdait pas une note du violon douceureux psalmodiant à son oreille, pas une intonation de la chanson plaintive que chantait son ami Alexis.

Alexis ?... Le renom de celui-là n'était pas aussi étonnant que celui de Codine ; mais l'homme était justement fameux en vertu de l'amitié qui le liait à Codine. On ne pouvait pas prononcer l'un des deux noms sans penser immédiatement à l'autre. Bien mieux : ainsi que le crotale, qui trahit sa présence par le bruit que fait sa queue, Codine, dans la torpeur de nos soirées estivales, se faisait annoncer de loin aux paisibles passants par la voix féminine, élevée, mais retentissante et belle d'Alexis – car on savait qu'Alexis ne chantait jamais que pour Codine.

Malingre, rusé et vif comme un écureuil, Alexis, beaucoup plus jeune que son ami et d'une beauté fade, dépourvue de virilité, devenait, en chantant appuyé sur l'épaule de Codine, aussi immobile et cataleptique que le permettait son chant. Les yeux fermés, le cou tendu, la cigarette oubliée et brûlant seule entre ses doigts, Alexis ne bougeait plus rien de son corps à part les lèvres, le menton et la pomme d'Adam proéminente qui fonctionnait comme la coulisse d'un trombone. Cette attitude était si drôle que nombreux furent les assistants ayant le mauvais goût de rire ; ce goût leur passait généralement après le premier verre de vin reçu au visage – avertissement de Codine ; après ce premier geste généreux en faveur d'un offenseur ignorant, Codine jetait tout ce qui se trouvait sur la table.

De l'amitié de Codine, plus d'un batailleur s'enorgueillissait ; en effet, il prêtait à beaucoup, lorsqu'il le jugeait bon, son poing, armé parfois de la terrible matraque (mais jamais l'acier de son poignard). Cependant, à sa table – table d'honneur ! – personne ne se rappelait avoir vu d'autre convive que son seul ami Alexis. C'était déjà beaucoup que de pouvoir trinquer avec Codine et d'être assis à la table voisine.

Mêlé aux garçons du quartier (sans être de leur compagnie) j'allais, comme eux, assister au spectacle gratuit que donnaient ces hommes partageant leur vie entre un travail pénible et un terrible amusement. Mais nous avions, les gamins et moi, des buts différents. Eux, ils allaient étudier la manière de bien boire, de jurer et de livrer bataille. Moi, que cherchais-je au milieu de ces héros ? Je ne le savais pas très bien alors, mais on aurait pu me voir tous les soirs appuyé pendant des heures sur un des grands acacias qui bordaient le trottoir du cabaret – épiant Codine. La première fois que celui-ci m'aperçut caché derrière mon arbre, il cligna de l'œil avec un sourire de taureau aimable et porta son index aux lèvres en signe de : « Ce que tu sais, entre nous seulement ! » Ensuite (et toujours sans se faire remarquer), il me salua très adroitement en portant le doigt au bord de son chapeau. Mais une fois, comme j'osais m'asseoir sur le bout d'un des bancs qui étaient l'apanage des vauriens, je fus empoigné par l'un d'eux et jeté à terre avec un coup de pied dans le dos. Malheur !... Codine bondit comme un tigre, souleva d'une main, très haut, le pauvre bougre et le laissa tomber comme une masse inerte sur les pierres pointues du sol. Du coup, je devins célèbre dans le quartier : Codine, le grand Codine, s'occupait de moi !... J'étais quelqu'un à craindre !...

Cela réclamait une visite de remerciement. Je la lui fis.

Le jeudi seul, dans ma vie d'écolier, était plus beau que le dimanche. C'est qu'il n'y avait pas dans la semaine d'autres moments aussi longs et aussi doux où je fusse ainsi maître de moi et de mon univers. Non que ma mère m'eût jamais empêché d'aller où je voulais, mais je savais que le dimanche et les jours de fête, elle était heureuse d'avoir ses heures de repos en ma compagnie ; je passais donc mes dimanches près d'elle ; il n'y avait que le jeudi pour m'emplir la poitrine de ce souffle divin qui est la conscience d'être entièrement libre, même de l'amour de sa mère.

Habituellement, le port et le Danube (mon Danube !), c'était là ma promenade passionnément aimée du jeudi. En été, le port m'absorbait dans son immense labeur. Il me semblait que toutes ces fourmilières d'êtres et de choses vivaient pour ma jouissance personnelle ; en hiver, c'était la majestueuse inertie, l'universel silence, l'imposante solitude des quais déserts, la blancheur immaculée, et surtout le terrifiant arrêt du fleuve sous son linceul de glace.

Et toujours, sans me presser, sans courir, retardant l'instant heureux et caressant dans ma mémoire la charmante vision que j'allais avoir, je me dirigeais vers mon but, vivant des minutes éternelles.

Ce matin-là, la paix coutumière faisait défaut : c'est que... je ne savais pourquoi, j'allais chercher Codine. J'avais conscience que mon désir de le remercier n'était qu'un prétexte mais depuis longtemps je sentais un fort besoin de regarder encore une fois dans ses petits yeux violents.

Je débouchai par le « gué du Danube », et je me mis à longer les innombrables « postes » de chargement où les hommes-fourmis transportaient le blé vers les maisons flottantes ; je scrutai attentivement tous les « postes » à l'aller et au retour, je ne trouvai point Codine. Travaillait-il à d'autres entrepôts ? Je n'eus pas l'envie de le chercher si loin, et, déçu, je m'assis sur un billot près du dernier « poste », tournant le dos au travail, face au fleuve. Le temps était très beau, mais mon insuccès m'avait gâté le plaisir ; et je somnolais en suivant du regard une courtilière qui, Dieu sait par quel hasard, avait quitté son jardin et trébuchait entre mes jambes écartées quand un petit caillou de rivière vint rouler et heurter mon pied. Je me retournai, j'aperçus Codine, à dix pas de moi, mais, Dieu bon ! quel Codine ! J'eus peine à le reconnaître. En caleçon, comme la plupart des « wagonneurs », pieds nus et la tête serrée dans un gros mouchoir de couleur – son torse, ses bras et son encolure poilue n'avaient rien de l'homme, mais tenaient entièrement de l'ours.

Je me levai. Et lui, content de voir ma mine, avança d'un pas leste et m'offrit sa patte, dans laquelle ma main disparut :

– Salut, *fratello* ! dit-il d'une voix câline qui, dans sa bouche, faisait sonner les mots comme s'il avait dit : « Je suis un agneau qui se nourrit de loup. »

– Je viens pour vous parler, monsieur Codine ! dis-je d'un trait, rapidement, tant je craignais de lui tourner le dos et de fuir.

– Ah !... s'exclama-t-il, empoignant son mouchoir et essuyant la transpiration sur son corps. Tu veux me parler ? Eh bien : *je n'accepte pas*.

Je fus étonné. Je le regardai. J'étais grand pour mon âge, mais il était tellement long que j'avais mal à la nuque rien qu'à fixer son visage.

– Vous n'acceptez pas ? Pourquoi ?

– Parce que si tu as une mère qui t'apprend de belles choses, moi aussi j'en ai une (c'est ma vie) et elle m'en apprend d'aussi belles ; par exemple ça : qu'il ne faut jamais traiter un ami à la manière du juge d'instruction, comme tu le fais, toi, en m'appelant *monsieur* et en me donnant du *vous*.

– Je ne savais pas...

– Sache-le, fratello !... Au bagne et entre amis, on ne se dit pas *vous*. Parle, mais appelle-moi Codine, tout court.

Avec cela, il me prit le cou et m'entraîna hors du bruit. Je sentais à peine son bras s'appuyant sur mes épaules ; on eût dit le bras d'un enfant.

– Pourquoi me cherches-tu, Adrien ? Je te le demande, mais je t'attendais.

– Est-ce vrai ? fis-je, me sentant heureux. Comment ça ?

– Comme ça : je t'attendais...

– Pour l'affaire de l'autre soir ?

– Pour beaucoup d'affaires : tu es faible là où je suis fort, et tu es fort là où je suis faible... C'est pas ça, fratello ?...

Je ris et j'approuvai de la tête, mais cela me parut plutôt une blague. S'il avait ajouté : « Nous allons nous appuyer l'un sur l'autre », je me serais vu écrabouillé sous la masse.

Nous étions au bord de l'eau. Il se lava les pieds et le corps jusqu'à la ceinture, puis, d'une barque renversée, il tira ses vêtements empaquetés dans un gros mouchoir et s'habilla.

– Tu ne travailles plus, Codine ?... dis-je, le tutoyant hardiment.

– Non... j'ai passé mon sac...

Les yeux sur une glace de poche, il se peignait.

– À neuf heures, tu passes déjà le sac ?

– Oui, quelquefois. Ça t'étonne ?...

Effectivement, cela m'étonnait. Ce « sac », c'est le travail à tâche le mieux payé. Pour l'« attraper », à la pointe du jour, je savais qu'il y avait lutte, et que les faibles, à moins qu'on leur « passât le sac », restaient sans travail. Mais qui passait son sac à neuf heures, après l'avoir pris à l'aube ?

L'explication, je la cherchais dans les yeux brûlants de Codine. Il me répondit malignement, brossant sa moustache :

– Je n'aime travailler que pendant la fraîcheur.

– Ce n'est pas ça la vérité, Codine !...

– Hé ! mon poulot ! La vérité, si tu la veux, viens avec moi un jour sur les quatre heures du matin, tu verras la distribution des sacs... Alors tu connaîtras la face du monde, et tu sauras ce qu'on ne t'apprend pas à l'école.

Excité, je m'écriai :

– Je veux le voir demain !

Puis, réfléchissant, j'ajoutai :

– Il y a une difficulté : comment sortir sans être vu par ma mère, car je dois passer par sa chambre ?

Codine demanda :

– Tu couches dans la chambre de la rue, pas ? Eh bien, je te sortirai par la fenêtre...

– Mais les fenêtres ont des barreaux...

– Oh ! les barreaux ! fit-il d'un geste dédaigneux. Pourvu que ta mère n'ait pas l'habitude de regarder dans ta chambre, avant de s'en aller au travail.

– Non ; elle fait même très doucement pour ne pas me réveiller.

– Parfait !... Alors, à demain, fratello. Mais... tu voulais me dire quelque chose, hein ?

– Oui... Quand tu seras moins pressé...

– Bon ! Et... tu sais !... Silence !

En disant cela, il porta son index gauche à ses lèvres, et de sa main droite il me serra chaudement et délicatement la main.

La joie, le trouble, le souci de m'éveiller à l'heure me firent passer une nuit agitée. J'avais entendu presque toutes les heures sonner, ainsi que les chants des coqs et les vociférations d'ivrognes. J'étais tout habillé quand l'aube blanchit les vitres ; peu après, la masse noire de Codine venait boucher complètement la fenêtre. J'ouvris et essayai de passer ma tête. Les deux barreaux ne demandaient qu'à être un peu écartés. Codine les toucha à peine de ses mains et ils cédèrent comme s'ils avaient été en caoutchouc. Après mon passage, il les redressa, j'étais dehors.

Il faisait frais... Partout des portes s'ouvraient et des manœuvres se dirigeaient à grands pas vers le port. De loin, le roulement des centaines de charrettes descendant les gués faisait un bruit rythmique et impressionnant.

Codine quitta la rue de la Quarantaine ; il se mit à gravir le sentier qui entoure par-derrière la caserne de cavalerie et borde le haut promontoire puant de fumier et de détritus ménagers. Ici, le plateau est suspendu à pic sur la vallée du Danube ; il n'est guère fréquenté que par les soldats. C'est l'endroit des vastes écuries et des dépôts de fourrages.

Des sentinelles, fusil en bandoulière, montaient la garde, silencieuses. Codine s'arrêta.

– Attendons un moment ici, dit-il doucement. Alexis va venir. Tu sais, Alexis ? Il a endossé depuis trois ans *l'habit du diable*... Heureusement, il fait le service dans la territoriale, c'est moins dur ; on ne tire qu'une semaine par mois à la caserne. Alexis peut avoir besoin d'argent ou de tabac. Tu comprends, vieux : la bouche, c'est la première calamité de l'homme, elle en demande toujours !

Codine parlait d'une voix chaude, mais son visage s'était durci. Ses yeux surtout paraissaient m'en vouloir. Je fus obligé de détourner les miens.

Nous étions en plein mois de juin... Devant nos yeux, le ciel du levant perdait sa couleur pourpre et inondait le monde d'une douce et caressante lumière. En bas, le port apparaissait déjà dans tous ses détails... Soudain, une trompette brisa l'air de ses sons métalliques. Je tressaillis comme frappé au cœur et une avalanche de bonheur m'envahit. L'homme, planté au milieu de la cour, avait son instrument braqué contre le soleil rayonnant derrière les saules des marécages, et les interminables modulations du *Réveil* semblaient autant de louanges adressées au jour naissant. Je m'arrêtai de respirer... Cet hymne matinal faisait vibrer toute ma chair. Le soldat me paraissait un héros vengeur ; le retentissement de son appel dominait à tel point la vie que je croyais que tout l'univers l'écoutait ! Lorsque la sonnerie cessa, je crus que mon cœur se rompait, qu'il me tombait dans le ventre. Je fondis en larmes.

Vexé qu'il y ait eu un témoin, qui sûrement se moquerait de moi, je tournais le dos à Codine. Mais, ô surprise ! la main sur mon épaule, une main lourde, terriblement pesante et que je soutenais à peine – il mâchait des mots mouillés de larmes :

– Fratello... Fratello... Vois-tu ?... Je te disais bien... hier... que moi aussi... je suis faible !... Fratello, ne me tourne pas le dos...

Entre les vastes greniers aux façades sombres et aux portes verrouillées de la voie n° 3 du port – voie encombrée par une interminable file de wagons de céréales –, le jour était encore terne quand nous arrivâmes. Les sondeurs coupaient les plombs, poussaient, fébrilement, les portières à coulisses et sautaient d'un wagon à l'autre comme des écureuils, avec, à la main, la petite sonde pas plus grosse qu'une éprouvette, et les poches bourrées d'échantillons. Devant un dépôt à l'ouverture béante et noire, une foule compacte, trépidante, hurlait son désir d'être embauchée avec une furie qui me rappelait le grouillement des porcs devant l'auge. Un homme à la mine renfrognée et à la voix tonnante, hissé sur un tas de sacs, formait les équipes et les envoyait aux « postes ». Donnant des coups de coude violents et criant leurs jurons obscènes, les plus vigoureux s'imposaient et obtenaient d'être pris, tandis que des malheureux, aux corps amaigris, trottaient impuissants autour en criant que c'était « depuis longtemps qu'ils restaient sans travail et qu'ils en avaient assez ».

Codine me laissa regarder pendant quelques minutes cette cohue, puis, me saisissant le bras, il chuchota à mon oreille :

– Ici le recrutement des ouvriers se fait presque entièrement par les amis du chef d'équipe – ceux qui le flattent et lui paient à boire. Nombreux sont les bougres qui attendent leur tour depuis deux heures du matin. Tu comprends, ils doivent se contenter d'avoir les restes, parce qu'ils sont faibles. Tiens, ils n'ont pas le poing assez lourd pour faire comme ça...

Et la figure terreuse, les mâchoires serrées, il lâcha mon bras, se dirigeant à pas lents vers la masse vociférante. Je me hissai vivement sur le marchepied d'un wagon et regardai. Sans mot dire, il se fraya un chemin en écartant les corps humains aussi facilement qu'un taillis de roseaux. L'apercevant, le chef d'équipe modéra sa voix et ses mouvements, et son visage parut sourire. Je le vis tendre la main à Codine, que celui-ci toucha à peine, mais je ne pus rien comprendre de leurs paroles, tant le bruit était assourdissant. Avec une stupéfaction grandissante, je voyais Codine appeler plusieurs manœuvres miséreux et imposer leur encadrement dans les équipes en formation. Il le faisait sèchement, avec une mine si féroce que je sentais la douleur me tenailler le cœur.

Puis il sortit du groupe et revint avec moi en un endroit isolé :

– Mon vieux Adrien, tu peux aller à l'école et apprendre à ton professeur ce que tu as vu ici. En un quart d'heure tu en sais plus qu'en dix ans de classe. Tu as vu *la vraie face du monde* !...

Il voulut me quitter. Je lui pris la main :

– Codine, es-tu content ?

– Content de quoi ?

– De pouvoir imposer le bien.

Il baissa son front étroit et plissé. Puis :

– Pourquoi demandes-tu ça ? fit-il, morose.

– Pour savoir si tu es bon.

– Non ! Je ne suis ni bon ni content.

– Mais le bien que tu pratiques fait que tu es aimé, et doit te rendre bon.

– Sacré nom de Dieu !... hurla-t-il, les poings serrés, tu es un imbécile !... Le bien imposé est nul, l'amour intéressé ne tient pas chaud !... Je ne suis pas aimé, non, par personne !... Au contraire, je suis traqué par une haine mortelle, entends-tu ?

Il porta une main à sa figure rouge, colérique, et la couvrit, comme envahi de honte ; l'instant d'après, il reprit calmement :

– Ah ! mon pauvre ami, excuse-moi !... Je t'ai vexé, hein ? Mais c'est parce que je suis furieux que tu n'aies rien compris.

Non, je ne comprenais pas ; j'étais confus. Codine roula une cigarette, l'alluma, aspira fort, et, pour laisser sortir la fumée, ouvrit une énorme et horrible bouche qui lui donna une tête d'orang-outan. Brusquement, comme s'il eût voulu me battre, il m'empoigna l'épaule d'une main – de l'autre il me montra la forêt marécageuse des saules qui s'estompait sur l'autre rive, et me dit :

– Tu vois, là-bas ?... Eh bien ! je crois qu'il y a là-bas des gens qui m'aiment *sans intérêt aucun* !...

Ces trois mots, il les avait prononcés en les scandant, mais, encore une fois, je ne compris pas quelle importance cela pouvait bien avoir. Être aimé, avec ou sans intérêt, c'était de l'hébreu, je n'y avais jamais pensé. Je savais que ma mère m'aimait, ça me suffisait.

– Tu n'y es pas ? fit-il.

– J'aimerais voir de quelle façon ces gens-là sont bons pour toi.

– Quand tu voudras, fratello !

– Tout de suite !

– Et l'école ?

– Je n'irai pas.

Une heure plus tard, nous étions au milieu du fleuve. Dans la barque se trouvaient une dame-jeanne de dix litres de vin, un *clondir* avec un litre et demi d'eau-de-vie de prune et trois kilos de farine de maïs. Codine, le torse en chemise, les manches retroussées, tête nue, ramait ; et notre barque filait en amont plus vite que celles qui descendaient le courant. Les rames pliaient. Je m'attendais à chaque instant à les voir se casser.

Mais ce qui m'effrayait le plus, c'était sa figure luisante qui, dans son mutisme, montrait une joie presque bestiale. Parfois, ses yeux – d'habitude vifs comme deux gouttes de mercure –, s'arrêtant sur moi avec une fixité étrange, me faisaient croire que j'étais la victime d'un homme des bois, que j'allais être dévoré par un de ces ogres des contes de ma grand-mère, ceux qui, avant de rôtir à la broche leurs prisonniers, les engraissent avec des noix et de la mie de pain. Alors, effrayé, je lui criais :

– Ris un peu, Codine !

Et il riait ; ma peur disparaissait avec l'apparition de ses belles dents qui humanisaient son visage.

Codine engagea l'embarcation sur le bras du Macin, rama encore un bon quart d'heure et aborda en un endroit solitaire de la rive du Guétchète, où nous descendîmes. Là, avec l'allure d'un enfant qui traîne son cheval de bois, il prit d'une seule main la chaîne fixée à la proue du canot et le tira sur la terre ferme, où il l'attacha.

Aux abords de la petite ferme, à cent pas de la rive somnolant sous la chaleur, les premiers honneurs nous furent rendus par une meute de chiens ; ils nous auraient dévorés sans l'intervention prompte des maîtres, un homme et une femme dans la cinquantaine, misérablement vêtus. Avec des faces réjouies et plissées par les rides de la bonté, ils s'exclamèrent presque de la même façon :

– Vois-tu, Codine : les chiens ne te reconnaissent plus !... Preuve que tu nous as oubliés.

Puis, tandis qu'on se serrait les mains, la femme, plus loquace, s'écria, en me caressant maternellement les cheveux :

– Et ce gros poulain, à qui est-il ?

– À la nouvelle voisine : une mère qui doit être sainte ! clama Codine.

– Que le Seigneur lui conserve la vie !

On nous fit asseoir autour d'une table placée entre trois saules pleureurs dont les troncs inclinés dans trois directions semblaient supplier les horizons de leur envoyer une rivière. Codine tira de son sac la bouteille d'eau-de-vie et versa. J'hésitais à boire.

– Bois, fratello ! cria Codine. Bois sans peur. Si tu es bête, tu deviendras plus bête, et ce ne sera pas dommage ; mais si tu as un cœur de feu, cette larme de vie ne fera que l'embraser... Bois sans crainte, fratello !

Je bus – pendant qu'ils échangeaient cent questions diverses et que je regardais la cour sans clôture foisonnant de poules, de porcs et de canards – et j'aurais bu encore, mais je m'arrêtai, car il me semblait que les saules déménageaient vers le fleuve tandis qu'une envie me prenait d'aller embrasser les porcs et les canards dans leur lac boueux.

La femme se leva :

– Je vous quitte, mes enfants... J'ai une vache difficile à traire à cause des morsures que son veau lui a faites aux tétons... Elle a le pis tout enflé... Je vais encore essayer de lui tirer son lait à la pauvrette.

– Je viens, moi aussi, dis-je.

Dans l'écurie, elle besognait et parlait toute seule :

– Ainsi donc, ta mère est blanchisseuse... Et elle peut t'habiller si gentil ? Pauvre femme ! Ce qu'elle doit se priver ! Eh ! le monde est plein de souffrances !

Elle restait accroupie sous le pis de la bête et lui graissait les tétons avec du suif, puis, doucement, elle faisait gicler le lait dans un seau.

– Vois-tu, mon garçon... Faut être reconnaissant à ta mère... Tout le monde n'a pas ta chance... Pour ne pas chercher bien loin, voilà Codine : il a été battu, et on l'a fait peiner dans son enfance, celui-là ! Ses parents n'étaient pas pauvres, oh ! non, ils avaient des terres... mais le diable les tenait par la nuque : ils étaient avares, à se manger « la boue de sous les ongles ». Et le pauvre gosse souffrait encore parce que ses parents et tous les gens de la banlieue lui disaient qu'il était laid. Oui, très laid ! Il avait une tête de singe enflée comme une cornemuse, mais, Seigneur Dieu, c'était pas sa faute !... On se moquait de lui du matin au soir. Ça fait mal ; à la fin il devint méchant. À treize ans, ses parents ne pouvaient plus le battre, va, c'était leur tour d'être battus, car le Seigneur ne laisse jamais le péché sans punition. Comme ils étaient ratatinés tous les deux, Codine les prenait par le chignon et les jetait, en hiver, dans la neige jusqu'au ventre. J'allais implorer chez le garçon : « Codine, mon enfant, aie pitié de ceux qui t'ont donné la vie !... C'est vrai, ils ont été mauvais, mais Dieu ne veut pas que tu sois comme eux. Sois bon, mon agneau, sois miséricordieux ! » Il était bon, il ouvrait toujours. Plus tard, nous le perdons de vue plusieurs années, et nous sommes frappés par un malheur : notre aîné s'amourache d'une belle fille qui se marie, et lui, il se tue avec son fusil de chasse ! Alors, nous nous retirons ici pour prier en silence. Et voilà Codine qui revient dans le voisinage ! Il avait dix-huit ans, il était fort à éclater par trop de sang, et travaillait dans une équipe de terrassiers pour la construction de la route. Eh ! mon enfant !... Que de choses tristes !... Tous le haïssaient !... À cause de sa force !... Il y en avait qui le moquaient encore, pour sa laideur... Bon Dieu !... Il leur cassait les côtes d'un coup... Mais il le savait aussi : nombreux étaient ceux qui lui *portaient les samedis*! Et alors, pour ne pas être surpris en dormant, il passait le Bras à la nage, son paquet d'habits tenu hors de l'eau, et couchait dans les marais. Une nuit, quatre de ses ennemis passent la rivière et cherchent Codine pour l'assommer... Le lendemain, mon garçon, on trouvait l'un d'eux étendu avec une cuvette de boyaux sortis de son ventre. Codine les avait surpris par la pleine lune, et il avait tué ! Vu son innocence, les juges l'ont acquitté. Mais écoute : deux ans plus tard, il frappait le cœur d'un homme, cette fois, parce qu'il l'avait trouvé dans le lit de sa maîtresse ! Alors, Dieu punit Codine. Pendant dix ans il a tiré du sel dans les mines. Les gens le surnomment « le forçat ». Ils ont tort. La preuve que Dieu veut être maintenant bien gracieux avec lui, c'est qu'il a envoyé un ange innocent comme toi...

Codine m'appelait dehors, pour aller à la recherche des œufs de cane dans les marais. Nous revînmes à midi, brûlés par les piqûres de moustiques. Alors commença l'énorme déjeuner : seize œufs de cane au saindoux, de la soupe au poisson, un brochet péché par le fermier, une poule frite à l'ail et dix litres de vin – dont Codine engouffra la moitié ; puis on se dit adieu. Et à une heure de l'après-midi, nous repassions le Danube.

Codine suait à grosses gouttes... Par l'entrebâillement de sa chemise enflée par le vent, je voyais sa poitrine aux longs poils noirs : on eût dit un ours en chemise. À ce moment, il lâcha les rames et respira fortement. Je lui dis, en le regardant bien :

– Vraiment, Codine, ces gens-là sont très bons !...

– N'est-ce pas ? s'exclama-t-il. Pourtant je ne leur ai rendu aucun service, aucun. À d'autres, oui, comme ce matin ; à eux, rien.

– Et tu ne sais pas pourquoi ils t'aiment ?

– Non !... Je ne sais pas pourquoi ils m'aiment !

Les vacances arrivèrent. Il était convenu entre Codine et moi que jamais nous ne nous montrerions ensemble dans le quartier, afin de ménager ma mère qui ne se doutait de rien. Mais je pouvais maintenant aller librement m'asseoir sur les bancs du cabaret d'Angélina et observer mon ami à l'aise ; personne n'osait plus me toucher depuis son intervention inattendue. Et voilà comment un soir de dimanche je fus témoin de la plus forte bagarre qu'ait vue le bourg.

Cinq heures ; le cabaret était bondé de buveurs. Une bonne partie ne faisait que continuer la « bombe » commencée la veille : Codine parmi eux. Une bande d'environ dix copains formait sa suite, mais lui, toujours seul à sa table, en tête à tête avec Alexis, son chansonnier. Le vin coulait ; le brasero envoyait aux tables des pelotons de poissons frits ; deux tziganes fatigués raclaient en douce sur le violon et la « cobza », avec ou sans accompagnement de voix. Une nouvelle chanson courait en ville ; elle répondait justement à la situation de Codine vis-à-vis de sa maussade et belle maîtresse. Alexis la répétait jusqu'à satiété :

En vain tu as tant de sourcils

Si tu les gardes froncés !

Mieux vaudrait en avoir moins,

Et que j'aime les regarder !

En vain je vais à ma maison.

Car je n'y ai pas d'épouse !

Ni épouse ni enfants :

Homme sans but sur la terre !

Appuyé sur son bâton de cornouiller, la courroie passée autour de son poignet, Codine écoutait, buvait et se taisait, mais il avait plaisir quand la bande lançait des cris de joie en son honneur. Tous, bien habillés, mais leurs vêtements maculés. Les chapeaux sur la nuque ou sur le front, sur une oreille ou sur l'autre, et des fleurs partout. Beaucoup exhibaient leurs couteaux, d'autres les avaient cachés sous le gilet. Cependant, l'atmosphère était calme, quand, surprise : quatre voitures portant douze jeunes hommes accompagnés de trois malheureux musiciens tournèrent au coin de la rue Grivitza et s'arrêtèrent gravement devant le cabaret. Tous descendirent. Leur tapage avait remué le quartier. Toutes les femmes apparurent.

C'était évident, ça sautait aux yeux : les *amis d'Atarnatzi* (quartier aussi fameux que celui de Comorofca) venaient prendre une revanche pour une raclée quelconque restée sans vengeance. Ils ne le cachaient point. Effrontés, cyniques, provocateurs, ils demandèrent à boire... Plus de tables disponibles ; les garçons les servirent sur des tabourets. Ils s'indignèrent et vinrent prendre une table, la plus petite entre toutes celles de la bande à Codine. Celui-ci toussota, très calme, et prit la position de défense. Les deux costauds qui semblaient avoir le commandement des arrivants firent comme lui, car les chefs sont toujours fort dignes. Tandis que criait la racaille, s'adressant aux tziganes :

– Jouez, lépreux ! On est tout de même dans son pays, bien que dans le nid de ces salauds !...

Codine se taisait toujours. Les yeux de tous les amis se plantaient sur lui, comme étant le premier à recevoir les insultes. Quelqu'un dit : « Ça va chauffer ! »

Les poltrons et les indifférents filèrent. Sur les lieux ne restèrent que les deux partis décidés à tout, ainsi que les gamins, qui cependant s'éloignèrent un peu pour laisser l'espace nécessaire. Angélina ramassait à la hâte les verres et les bouteilles, tandis que les cochers et les musiciens n'attendaient que le signal pour déguerpir.

Ce signal – glorieux pour la réputation de droiture de Codine ! – fut donné d'une façon peu commune, ce soir-là.

Deux matelots anglais, pipe à la bouche et calmes, passèrent au milieu de la rue en se promenant et en regardant – Dieu sait à la suite de quelle mauvaise inspiration, car la rue des filles publiques (la seule que les matelots étrangers honorent habituellement) est assez loin de notre banlieue.

Du groupe des gens d'Atarnatzi, deux misérables se détachèrent, et s'en furent défier les Anglais. Ceux-ci s'arrêtèrent et saluèrent poliment.

– C'est-ti pour montrer vos gueules à nos jeunes filles que vous venez vous balader par ici ?

Les matelots, ne comprenant mot, se regardèrent. En cet instant, Codine se redressa avec une majesté qui me fit frémir. Tout bruit cessa comme par enchantement. Au milieu d'un silence impressionnant, il tonnait, s'adressant à ses rivaux :

– Si vos chiens s'attaquent aux étrangers, chez moi, alors, vous aurez affaire...

Avant qu'il eût fini sa phrase, les Anglais étaient à terre, et à la même seconde la matraque de Codine tombait comme un éclair. À l'instant, on ne pouvait plus rien voir : les voituriers faisaient claquer leurs fouets ; les tziganes (des deux bandes), cachant leurs instruments, et les matelots, revolver au poing, décampaient à toute allure. Tandis qu'au milieu de la route, enveloppée par un nuage de poussière soulevé par les pieds, une masse de corps humains était nouée avec acharnement. Les matraques s'entrechoquaient et se cassaient ; des couteaux restaient menaçants et prêts à toucher le cœur ou le ventre ; les adversaires désarmés se roulaient par terre dans des corps à corps. Les mères et les épouses des combattants du quartier arrivaient à la rescousse et frappaient en trébuchant.

Le centre de l'attention générale était la lutte entre Codine et le second chef de bande. Celui-ci, loin d'être de la taille de son adversaire, ne le tenait pas moins en respect au moyen d'une longue et terrible matraque dont le bout était armé d'un écrou d'essieu.

La bataille se déroulait sur la place du manège, et au bout d'un quart d'heure on ne voyait plus guère que les deux champions. Le sol était jonché de blessés, de chapeaux, de vestes, de couteaux, et de matraques cassées. Il y avait encore quelqu'un qui luttait péniblement : c'était l'ami Alexis. Fripouille, il tenait toujours tête à une autre fripouille, quand il cria en pleurnichant : « Codine !... On me tue !... » Codine fit un bond de côté, se tourna et assena un coup dans le dos du partenaire d'Alexis qui gémit et s'écroula ; mais en même temps le terrible écrou qui menaçait Codine lui tombait sur le crâne – heureusement protégé par le chapeau de feutre enfoncé jusqu'aux oreilles.

Pendant quelques secondes, je crus voir Codine s'abattre sur le sol... L'assommeur le croyait aussi, car, la matraque en l'air, il restait hésitant. Codine, tremblant sous le coup, saisit son rondin à deux mains et lui fit décrire des cercles fulminants au-dessus de sa tête. C'est dans ce mouvement qu'il fonça sur son rival, qui voulut parer en reculant ; après un choc brusque le bâton de l'ennemi sautait à dix mètres, celui de Codine se cassait, et pendant que l'un prenait ses jambes à son cou, l'autre ouvrant son coutelas commençait à le poursuivre. L'assommeur courait à petits pas accélérés, décrivait des zigzags pour tromper Codine, qui, avec des sauts de gorille, le talonnait de près, avançait l'acier pour frapper, lui soufflait sur la nuque l'haleine de la mort.

Alors je compris que parmi tous ces gens devant les portes, il ne se trouverait jamais personne pour intervenir et sauver un homme de la mort, personne pour éviter de nouveaux travaux forcés à un forçat. Dans cette course, ce mortel manège, les deux victimes de la vie montraient des visages devenus inhumains : Codine, la nuque et l'oreille droite sous le sang qui coulait de son chapeau ; le poursuivi, figure de cire blanche, bouche ouverte ; des yeux demandant miséricorde et salut. Voici que rasant mon trottoir, Codine avance le bras et frappe dans le dos... Un cri unanime éclate comme d'une seule poitrine... Une femme enceinte s'évanouit... Mais le coutelas n'a fait que déchirer le veston de haut en bas, étoffe et doublure – et maintenant les deux battants de la veste flottent en l'air, le traqué court en désespéré, haletant, chancelant. Cette fois-ci, Codine ne tranchera plus l'habit, mais la colonne vertébrale. Je vois encore une fois Codine chargé de fers, allant au palais de justice, entre quatre baïonnettes écouter les « messieurs qui ne tutoient pas ».

Je saute dans l'arène, moi aussi, et, à l'approche des deux possédés, je me jette à terre sous les pas de Codine ! Sa lourde chaussure heurte mon corps, et Codine tombe, la tête dans la poussière, pendant que je crie plus fort qu'il ne fallait ; je crie avant d'être frappé.

Je regarde l'homme poursuivi : il est loin, il court et tourne la tête sans rien comprendre, mais je suis content qu'il soit loin. Et près de disparaître au coin d'une rue, il tourne encore une fois la tête, et encore une fois il ne comprend rien... La populace bariolée, foisonnant devant les portes, et muette de terreur, n'a pas l'air de comprendre non plus.

Mais il y avait quand même un homme qui comprenait.

Tous les deux, par terre, moi, je tenais ma main sur ma côte endolorie où la chaussure avait buté ; Codine soulevait son chapeau avec difficulté : dessous, il n'y avait plus de chevelure, mais une forme ronde de gelée écarlate. Avec les deux mains, et par petits paquets, il jetait le sang coagulé dans la poussière ; puis, tâtant le derrière de son crâne, il me regardait dans les yeux. Son visage, suant et traversé de gouttelettes de sang, ressemblait à ceux des noyés tirés de l'eau et abandonnés à l'air, sur la rive – tant la colère l'avait congestionné et rendu méconnaissable. Les yeux, injectés et sortis de leurs orbites, regardaient avec la fixité trouble qu'ont ceux des chiens enragés. Desserrant péniblement, avec des efforts, ses mâchoires calées par la haine, il prononça :

– As-tu vu tout ?...

Je répondis : « oui », en baissant les paupières.

– Est-ce ma faute ?

Je le niai d'un signe de tête. Je ne pouvais parler : autour de nous, dans un rayon de dix mètres, trois hommes gisaient, depuis le début de la rixe, sans donner signe de vie.

Codine ramassa son couteau et se leva avec lourdeur. Nous inspectâmes les trois corps : deux d'entre eux râlaient, dans les affres de l'agonie ; le troisième, face à terre, dans une mare de sang, avait les yeux clos et la joue gauche appuyée contre la ouate de la poussière. Le désignant de l'index, Codine dit :

– Celui-ci n'a plus besoin de rien ! Et les autres le suivront avant le coucher du soleil.

Le mort était un jeune homme de notre quartier, dévoué à Codine ; les agonisants appartenaient au groupe des agresseurs.

Nous allions vers le boulevard Couza, où Codine voulait prendre une voiture pour aller chez un médecin. En m'éloignant je donnai encore un coup d'œil au champ de bataille : la population commençait de l'envahir avec frayeur, mais on ne voyait pas un homme de police, pas une ambulance de secours.

Le monde est libre de se tuer...

Codine sortait de sa convalescence quand l'enquête, appuyée sur des témoignages unanimes, le mit hors de cause. Avec Codine, je me promenais maintenant au vu et au su de tout le monde : un éléphant flanqué d'un poulain !...

Et voilà : on apprit un matin que le choléra qui sévissait en Russie était arrivé à Reni, sur le Danube. L'émoi fut grand ; les autorités se rappelaient enfin que la Comorofca formait un foyer d'infection, et on envoyait des agents sanitaires chargés de noyer le quartier avec du lait de chaux et de l'acide phénique.

Ma mère voulait m'expédier à la campagne, chez les oncles, mais je m'y opposai : Codine m'intéressait plus que la campagne. Il battait maintenant sa mère tous les soirs et la jetait, de nuit, hors de la cour. Comme il faisait très chaud, elle restait là jusqu'au jour, accroupie sur le gros caillou devant sa porte. Le matin, en sortant, Codine la trouvait endormie en cet endroit, la renversait d'un coup de pied et la laissait gémissante.

J'étais suffoqué par une telle barbarie ! L'explication qu'on donnait, c'était que la mère Anastasie possédait des terres ; son fils la battait pour les lui faire vendre. Cette histoire ne me suffisait pas ; et Codine ne m'en parlait jamais. Les femmes du quartier (jusqu'à ma mère elle-même) parlaient de ce martyre avec une effrayante tranquillité : on y était habitué. On s'étonnait beaucoup plus quand la mère brutalisée couchait une semaine dans sa chambre.

Cet endurcissement venait plutôt du fait que la mère Anastasie était d'une taciturnité féroce. Les voisines affirmaient ne pas connaître le son de sa voix. Avare jusqu'à donner la nausée, sournoise et insociable, elle marchait toujours au milieu de la route pour éviter le contact des gens, haute comme trois pommes, se faufilant parmi les chars et les voitures. Personne ne savait où elle allait ni d'où elle rentrait ; malgré toutes les fouilles faites sur elle et dans ses hardes, jamais Codine n'avait pu trouver en sa possession de quoi acheter une gousse d'ail. Elle suivait docilement les femmes qui l'hébergeaient une nuit, et si on lui offrait la soupe, elle la mangeait. Mais, dès le lendemain, ces mêmes femmes étaient pour elle des inconnues. Ses yeux fixaient toujours le sol, pour ramasser des clous rouillés, des chiffons, des os et des boîtes d'allumettes vides. Quand on lui demandait :

– Mais, enfin, Anastasie, pourquoi ne vends-tu pas un peu de ces terres ?

Elle répondait invariablement :

– Chacun connaît ses affaires.

Quand il fut question de choléra, Codine se mit à la serrer de près. Et c'était très drôle ! Le nez collé contre la palissade qui séparait nos cours, je voyais tout ce qui se passait. Codine arrivait, trouvait sa mère sur la prispa et lui flanquait quelques coups avec sa botte ; puis, la soulevant par la nuque, presque avec deux doigts, comme on fait des chats galeux, il la jetait à la rue. On eût dit que c'était un devoir du soir entre eux : lui, de lui administrer la dose de coups et de la flanquer à la porte ; elle, de se trouver à son poste pour « encaisser », gémir un peu, et prendre sa place sur le caillou. Pas un mot, pas un cri un peu haut, pas une explication. Chacun savait de quoi il s'agissait.

Ma mère ne se mêlait jamais des affaires d'autrui ; mais un soir, pensant peut-être que c'était son devoir, elle rentra accompagnée d'Anastasie ; celle-ci la suivait comme une petite bête, et, dans la cuisine, elle se casa dans un coin, muette, accroupie. Je ne connaissais pas encore l'expression de ses yeux, et mes efforts pour les apercevoir étaient vains. Elle restait tête basse comme une idiote, jetant autour d'elle des regards furtifs.

La lampe brûlait tout près du coin où elle s'était placée et je ne remarquai que sa bouche aux lèvres plissées et pointues, un vrai cul de poule. Ma mère lui donna à manger un morceau de pot-au-feu, puis, approchant d'elle sa chaise, lui dit :

– Tu te martyrises pour rien, ma pauvre Anastasie ! Tu ferais mieux de vendre quelques hectares afin d'avoir la paix.

On savait qu'elle ne répondait jamais que par sa phrase unique, mais à notre étonnement elle parla, et ce qu'elle dit fut terrifiant. Bougeant à peine ses lèvres, la voix éraillée, elle nous regardait à présent avec des yeux de hibou :

– Tu dis que je ferais mieux de vendre... Vendre, vendre... C'est facile pour vous autres... Moi je te dis... que ton fils eût mieux fait de laisser le forçat tuer l'homme l'autre jour... Comme ça, il serait maintenant au bagne, et moi débarrassée...

J'échangeai un regard d'épouvante avec ma mère. Nous ne voulions pas en croire nos oreilles. Une rage folle me prit, un besoin de prendre la lampe pour la lui casser sur la tête ; mais voilà Codine apparaissant dans le cadre noir de la porte ouverte. Ma mère sauta debout et alla lui opposer sa poitrine. Droite, devant lui, le regardant dans les yeux, elle dit :

– Codine !... Vous ne la toucherez, dans ma maison, qu'en passant sur moi...

Codine, tête nue, en babouches et en bras de chemise, baissait le front et collait son menton contre la poitrine, en signe d'acquiescement. Puis, relevant la tête :

– Mère Zoïtza ! Je ne viens pas pour la toucher, mais pour vous dire de ne pas garder sous votre toit cette ordure... Ce n'est pas une mère, c'est la peste.

– Elle vous a porté dans son ventre, Codine ! interrompit ma mère.

Il porta la main à son front :

– Ne me le rappelez pas !... J'ai honte ! Elle m'a nourri de venin.

Et il partit, la figure cachée dans sa main.

Ma mère se tourna vers la « peste » :

– Malheureuse femme ! Il va te tuer... Tu verras !

– Ça ne fait rien ! Mais je ne vendrai pas.

– Et qu'est-ce que tu veux faire de ces terres ? Elles lui resteront quand même après ta mort !...

– Rien !... Il ne lui restera rien !... J'ai tout donné à l'église, tout, na !...

Elle fit un pied de nez vers la porte. Mais ma mère ne la garda pas plus longtemps, et Anastasie alla croupir sur son caillou.

Depuis quelques jours, Codine se préparait à aller chasser les canards et les oies sauvages, très loin, dans le maquis marécageux. Il avait un beau fusil à « feu central », et le regardant fabriquer ses cartouches, l'eau me venait à la bouche. Mais il y avait de grosses difficultés : il fallait partir le soir, coucher dans les marais, traverser des kilomètres de ronces et d'eau stagnante où les sangsues et les moustiques foisonnent. Car, pendant la ponte, quand le gibier habite nos saules, la chasse est défendue ; et lorsqu'elle est permise, les oiseaux quittent nos parages et s'en vont au diable vauvert, où rares sont les chasseurs qui osent aller les chercher.

– C'est l'empire du nénuphar blanc et des mûres sauvages, veloutées, grosses comme des cerises !... me dit Codine, clignant de l'œil.

Il ne m'en fallut pas plus pour perdre la tête ; et, le soir, me taisant sur tout ce qui pouvait l'effrayer, j'annonçai à ma mère que le lendemain j'irais chasser avec Codine. Elle savait ce que cela voulait dire : bien que garçon sage et d'accord avec elle, il y avait des points sur lesquels j'étais intraitable. Elle opposa une faible résistance et céda.

La chasse dans les grands marais peut durer plusieurs jours – tout dépend de la « veine » – et le départ du chasseur est une belle manifestation d'orgueil. Fusil, cartouchières, carnassières, sac à vivres, couvertures, tout cela plein de vanité et de promesses. La marmaille du quartier forme une cavalcade d'honneur et accompagne le chasseur un bon bout. Au retour, elle le guette et l'accueille avec des sentiments divers : si les carnassières sont pleines de gibier, elle le porte aux nues ; si, par malheur, elles sont vides, c'est l'hostilité, l'ironie et les sarcasmes.

Les honneurs du départ furent faits à Codine devant l'estaminet d'Angélina, où il fit sa provision de boisson – l'eau des marais est malsaine ; puis nous allâmes chercher un chien qui, joyeux, sauta sur Codine comme s'il avait été son maître ; et à la tombée de la nuit notre embarcation voguait au loin, sur le bras appelé « le vieux Danube », et le quittait pour s'engager dans un petit « bras » très étroit, où je perdis tout moyen de m'orienter.

On affirmait que Codine connaissait les marais comme sa poche.

Nous étions encore dans la zone des saules pleureurs qui nous cachaient le ciel étoilé, seul guide en ces parages. Néanmoins, Codine ramait sans hésitation. Parfois, les eaux étant basses, la barque touchait le fond : Alors, on avançait en s'accrochant aux branches des saules, ou en prenant appui sur les deux rives avec les rames, et quand cela ne suffisait plus, Codine descendait dans l'eau jusqu'aux genoux et poussait.

– Tiens ! les eaux sont plus basses que je ne l'avais prévu !... Si le ciel se maintient serein, nous aurons bientôt clair de lune... ce sera plus facile et plus agréable.

Bientôt, les saules se raréfièrent, le ciel apparut dans toute sa splendeur nocturne et de grands espaces de terres noires s'ouvrirent devant nous. Nous nous trouvions dans un vrai labyrinthe de canaux naturels sentant la vase et le poisson. Je fus obligé de descendre, moi aussi, pour soulager la barque ; et pendant que Codine la traînait par la chaîne, je me réjouissais de courir – le chien tenu en laisse – sur la glaise molle comme un tapis.

Après de nombreux zigzags, nous touchâmes enfin à un canal très large et profond, où nous étions heureux de glisser sans peine. Dans le silence léger de la paisible nuit de juillet, je goûtais pour la première fois la volupté de me sentir perdu dans les marécages, de ne plus entendre d'autres bruits que le clapotis des rames, les sursauts des poissons à la surface et le cri de la chouette dans l'opacité de l'air nocturne.

Le disque embrasé de la pleine lune était déjà au-dessus de l'horizon quand Codine, chargé de son matériel de chasse, et moi avec le chien, nous laissâmes la barque pour partir à pied vers le domaine des oies et des canards sauvages.

Devant nous, vaste comme la terre, s'ouvrait l'immense région des roseaux bercés par le souffle léger d'un vent tiède – le chaos où règnent le loup, le renard, les myriades de moustiques ; où le charognard donne la chasse aux plus faibles que lui ; où la sangsue est violente comme un serpent ; où les savoureuses mûres et l'éblouissant nénuphar ne sont touchés que par la brise ; et d'où monte, sous le frisson des nuits estivales, la divine musique des crapauds, verts comme la large feuille sur laquelle ils sont tapis.

Nous marchions des kilomètres sur un terrain ingrat ; harassés par les blessures des mûriers épineux dont le fruit tombe dans la main – traversant des nappes d'eau qui nous arrivaient à la poitrine, et nous ouvrant péniblement passage, tantôt dans les taillis de roseaux aux feuilles tranchantes, tantôt dans les masses de carex à la tige gluante de gomme. Entendu de près, dans le cadre de l'étonnante lumière nocturne, le somptueux concert des crapauds dépasse en beauté toutes les émotions qui puissent faire vibrer l'âme. Codine me montrait le roseau et la laîche inclinant leurs épis floconneux et qui, au milieu du concert, semblaient remercier Dieu.

– Nous sommes arrivés !...

Codine jetait à terre son chargement.

Nous étions au bord d'une nappe d'eau s'étendant sur plusieurs hectares, la plus vaste de toutes celles que nous avions traversées. Les autres rives, à peine visibles, s'estompaient dans la brume lunaire.

Codine tira de son sac une petite faucille courte et grossière, et, se tournant vers les fourrés de roseaux, il se mit à en abattre fiévreusement.

– Que feras-tu avec tous ces roseaux ? demandai-je.

– Une île, mon vieux, une île et une hutte, pour tromper ces petites bêtes. Tu verras tout à l'heure… Ramasse, si tu veux, et entasse. Quand j'aurai fini, j'en ferai des fagots.

Une heure plus tard, en un endroit peu profond du lac, on pouvait voir un îlot formé par six couches de ces fagots superposés. La hutte, faite également de roseaux, nous dissimulait. Pour plafond, le ciel. Cela s'appelle une « pandâ ».

– Le gibier que nous allons descendre, murmurait Codine, est très malin. Les canards sauvages se nourrissent en un lieu – et gîtent en un autre. C'est comme ça. Le matin, ils fuient l'aurore ; le soir, le crépuscule. C'est un trajet perpétuel dans les deux sens, tu comprends ? Alors seulement on peut les atteindre, car dans leurs taillis ils plongent au moindre bruit. C'est pas tout ! S'ils passent par-dessus les fourrés, ils volent hors de portée du fusil. Tu me demandes comment on les a ? Mon petit frère, c'est que ces bêtes-là sont comme nous : elles périssent par la faiblesse ! Quand les étangs sont transparents, elles aiment se regarder dans le miroir de l'eau. Voilà comment, dans une pandâ trompeuse, on peut les tirer. Tu comprends pourquoi tout ce travail ?

La vaste étendue d'eau frémissante sous la lune et bordée de rives mystérieuses me faisait croire que la terre avait subi un nouveau Déluge et que nous étions les seuls êtres restés vivants au monde. Un flux de bonheur m'envahit, un fort besoin de crier, de pleurer, ou même de me jeter à l'eau.

Tremblant d'émotion, je pris les mains de Codine qui riait de toutes ses belles dents, et lui dis :

– Je t'aime, Codine !

– Je le sais, Adrien, que tu m'aimes !… et je suis navré de te l'entendre dire.

– Pourquoi navré, Codine ?

– Navré que tu n'aies pas cinq ou dix ans de plus pour devenir mon *frère de croix*.

– Mais tu as un frère de croix : c'est Alexis.

Codine souffla fort et sa mine s'assombrit :

– Alexis n'est pas un vrai frère de croix… Nous l'avons fait par bêtise, mais c'est pas ça. Il est comme les autres, ceux qui me craignent et font la chatte, parce que je suis fort. Si demain je ne l'étais plus, hé ! ils me cracheraient au visage. Alexis le premier. Je l'ai préféré, lui, par dépit, par désespoir, et aussi parce qu'il chante bien ! Lui m'a préféré par orgueil, c'est comme la belle Irène, elle aime bien s'appeler la maîtresse de Codine, mais si elle n'avait pas si peur de lui elle le trahirait cette nuit !

Il leva sa face vers le disque argenté du firmament, qui la blanchit, et s'exclama avec amertume :

– Mon ami Adrien !… Un frère de croix ! C'est autre chose !… Une chose qui peut-être n'existe pas !… Un frère de croix, c'est *quelqu'un par lui-même*, non pas par un autre, et alors son amour est grand, désintéressé, cher à notre cœur ! Car, vois-tu, en rendant des services, c'est facile de se faire aimer. Mais, voilà, je suis arrivé à me demander aujourd'hui : ce *quelqu'un par lui-même*, peut-il encore aimer d'un amour très fort ?

Codine passa la main sur son visage, puis alluma une cigarette. Il était embarrassé, ne sachant pas si je comprenais. Il le dit :

– Je vais t'expliquer comment ça se passe entre les hommes. Tu as entendu dire que j'ai tué un homme il y a douze ans, dans les saules en face de Guétchète : il avait été mon frère de croix, mais pour de vrai. Avant de devenir des ennemis à mort, nous nous sommes aimés… Moi, surtout, j'étais, pour la première fois, aimé par un ami. J'avais dix-sept ans, je sortais d'une enfance de chien traqué. Je suis le fils de deux limaces !… Mes parents me battaient et m'envoyaient voler des choses de rien du tout : une musette de froment dans le port ou une poule chez les voisins. Pour toute gentillesse, ils me disaient que j'étais laid à faire avorter une femme enceinte. Dans la rue, mes camarades me caressaient de la même façon, mais ça ne dura pas plus loin que ma quatorzième année, où je commençai à les caresser, moi aussi, à ma façon ! Alors, mon sang s'empoisonna de tout le venin des serpents de la terre ! À tous ceux qui osaient parler de ma laideur, je cassais les reins... Je crois bien que mon père est mort de ma main. C'est alors que Tanasse apparut dans mon chemin et m'aima d'un coup ! Il était beau comme Alexis, mais fort et généreux. Nous avions tous les deux dix-sept ans. Ah ! petit frère Adrien ! C'est un grand miracle, l'amour de l'homme ! Quand, la première fois, je reçus son baiser d'ami, le monde changea de couleur. Je ne me battais presque plus, je supportais qu'on me dise que j'étais laid ! Nous devînmes frères de croix, et nous nous aimâmes sans intérêt, ça, il n'y avait pas de doute. Mais huit mois plus tard, l'envie qu'il avait pour ma force gâta son sang : Tanasse eut un œil faux, envieux. Il ne m'embrassa plus. Je ne dis rien, je pardonnai et, pour le faire revenir, je l'aimai encore plus, j'évitai de paraître plus fort que lui... Car sa jalousie venait de là. Pourtant, il s'éloignait, il s'éloignait toujours, jusqu'au terrible jour où, au milieu de tous les amis, ses lèvres que j'embrassais m'ont appelé « gueule de singe ! ». Pour la première fois de ma vie, je pleurai. Je pardonnai. Tanasse glissait, glissait encore plus loin de moi. Il n'y eut pas un homme pour railler ma laideur avec plus de talent ; et à la fin, voilà qu'il essaya de me battre ! Je maîtrisai encore mon sang. Et mon frère Tanasse vint une nuit, accompagné de trois larrons, me chercher dans le fourré des saules pour me tuer pendant mon sommeil. Je le tuai, moi. Écoute, maintenant, le jugement des hommes : ils m'ont acquitté ; et cependant j'étais criminel, car avec une bonne branche arrachée à un arbre j'aurais pu les mettre tous en fuite ! Mais j'ai *voulu*, bien voulu tuer Tanasse, et j'ai réussi ! Par contre, messieurs les juges m'ont trouvé coupable, deux ans plus tard, quand je tuai l'homme dans le lit de ma maîtresse ! Hé ! Hé ! j'aurais tué alors mes enfants, mes parents, et Dieu qui gouverne si mal la terre ! Dis donc, Adrien, toi qui ne connais pas encore le mal de l'amour trompé, sache que cela est pire que la faim qui ronge le ventre, pire que la brûlure du fer rouge, pire que la mort !... C'est moi qui étais tué alors, et c'est moi qu'ils envoyaient au bagne ! Mets ça dans ton crâne, Adrien, et rappelle-toi plus tard : les hommes ne peuvent pas aimer, les hommes ne savent pas juger !...

– Je peux t'aimer, moi, Codine, m'écriai-je. Je veux devenir ton frère de croix !

Codine me caressait les cheveux ; il semblait douloureusement ravi. Il resta longtemps muet, puis :

– Je crois, moi aussi, Adrien, que toi seul tu pourrais aimer un forçat et faire un homme bon d'un criminel ; mais tu n'es pas à l'âge d'engager ta parole. À part ça, tu sais : les frères de croix font le signe de la croix au couteau, sur leur bras gauche, et chacun boit le sang qui vient du cœur de son frère. Je punis de mort le frère qui me trahit après avoir bu mon sang.

– Eh bien, Codine : je boirai ton sang et tu me puniras de mort si je te trahis.

Codine sauta comme une bête féroce et fit trembler notre île. Le chien aboya. Assis sur mon séant, je vis Codine lever les bras vers le ciel et je crus qu'il allait toucher la lune avec ses mains. Il se frappa le front violemment :

– Dieu tout-puissant ! hurla-t-il, ouvrant ses bras. Ça vaut encore la peine d'être homme, même quand on a une gueule de singe, si on peut se faire aimer, à tel point, par un enfant !

Et, se roulant sur moi, il m'écrasa les épaules avec ses lourdes pattes, prit ma tête entre ses mains et me regarda dans les yeux. Il me regarda, et je le regardai – et je n'ai jamais vu un homme plus beau que Codine en cet instant-là...

– Ami, cria-t-il, aurais-tu le courage de me laisser égratigner ton bras pour que je goûte le sang de l'innocence ?

– Oui !... Tiens, coupe !...

Je lui offris mon bras gauche, j'étais heureux à mourir de joie. Il s'accroupit devant moi et, sans me lâcher du regard, tira son couteau... Un instant il le tint, comme si j'allais le recevoir dans la poitrine... L'acier luit sous mes yeux... Je ne bougeai pas.

– Coupe, Codine !

Alors, arrêtant sa respiration, il ôta son chapeau et se signa par trois fois. Il me prit la main gauche... elle brûlait... Avec la droite, il posa la pointe du coutelas au milieu et en dedans de l'avant-bras, et attendit... Je lui dis, souriant à sa face redevenue sauvage :

– Ris fort, Codine, et coupe !

Il rit très fort et, tandis que ses yeux étaient fixés dans mes yeux, je sentis une petite brûlure en long et en large sur la chair. Les mains de Codine retombèrent, tremblantes. Sa lèvre inférieure se mit également à trembler, nos yeux se portèrent sur la blessure : une croix asymétrique qui saignait légèrement. Il la fixa, hagard... Puis sa tête s'inclina sur mon bras, ses lèvres sucèrent, et leur chaleur me fit mal...

Longtemps Codine resta ainsi... Il ne bougeait plus... semblait endormi. La tête et le corps formaient une masse inerte. Alors je baisai le sommet de son crâne comme, souvent, j'embrassais la tête de ma mère.

Codine se releva, ses yeux étincelèrent dans la demi-obscurité. Presque machinalement, il prit le couteau et, brusquement, frappa deux coups secs, en croix, sur son volumineux avant-bras gauche. Le sang surgit. Il porta la blessure à mes lèvres :

– Bois ça, frère, et ton petit cœur saura ce que c'est que l'amour d'un forçat – comme le mien emportera dans la tombe l'amour d'un enfant !...

Je bus le sang de Codine – pendant que le chien nous regardait avec ses yeux impatients.

Cette belle nuit prenait fin.

Dès les premières lueurs de l'aube, deux bandes de canards, volant très bas, virent quatre d'entre eux dégringoler dans le lac, où le chien alla les prendre. Puis, ce fut un vol d'oies, mais les oies, seulement blessées, plongèrent. Enfin, il y eut les vanneaux, accourant avec leur bruit caractéristique, qui nous laissèrent six pièces. Le soleil devenait insupportable, les moustiques s'étaient montrés d'une rare violence. Vers les dix heures nous rentrions dans le port, éreintés, souillés de boue, couverts d'ampoules, mais remplis de poésie et de fraternité.

C'était dimanche ; le port dormait, silencieux. Nous prîmes par le « gué de la Comorofca ». Les enfants nous reconnurent, et Codine leur montra le gibier. Cela suffit pour que toute la marmaille du quartier se mît à notre suite ; mais moi j'étais honteux de paraître si sale en plein jour, un dimanche, et je proposai à mon frère de gagner la maison par le côté de l'abattoir. Il céda, bien que sur ce chemin se trouvât la maison d'Irène, sa belle amoureuse, qui, comme tout le faubourg, devait être sur sa porte.

– Si elle me voit dans ces nippes, elle me trouvera encore plus repoussant, plaisanta Codine.

Alors, un enfant, s'approchant de lui, cria dans l'hilarité générale :

– Sais-tu, Codine ? Depuis l'aube, « Le Matou » est sous les fenêtres de ta belle !

« Le Matou », c'était le sobriquet d'un jeune gaillard éternellement amoureux, rôdeur de nuit et délicieusement ridicule. Les raclées qu'il avait « encaissées » dans sa carrière amoureuse étaient sans nombre, et le stoïcisme avec lequel il les avait supportées, proverbial. Seule, Irène, l'amante redoutable de Codine, avait été longtemps préservée de ses aubades.

Je tremblai pour lui :

– Codine, priai-je, promets que tu ne l'assommeras pas !

– Ah ! soupira-t-il, je te le promets, mon petit frère. Mais sache que c'est par la femme que je périrai, moi, Codine. Le sang me monte déjà à la tête.

Je lui serrai la main et dis :

– N'oublie pas, nous sommes maintenant frères de croix ! Faut plus tuer !

Au coin des maisons, Codine fit reculer les enfants et jeta un coup d'œil sur la place. La troisième maison était celle d'Irène, où j'avais porté le billet lors de notre première rencontre. Codine blêmit : le malheureux « Matou » était là, endimanché, chapeau sur l'oreille et, accompagné par un violon, chantait :

Feuille verte d'acacia !

Je n'aime pas les vieillards,

Ni les amants buveurs d'eau,

Ni le sarclage en été !

Mais j'aime que soir et matin

Mon poulet m'ait dans ses bras !

Par *vieillard*, « Le Matou » voulait désigner Codine qui n'était plus, comme lui, un jeune homme.

En trois sauts de chimpanzé, Codine était sur son dos et les empoignait par la nuque, lui et son tzigane ! Ce dernier tirait de toutes ses forces pour s'arracher des mains de Codine ; il implorait.

– Je ne te ferai pas de mal à toi... criait Codine. Mais je te donnerai un bon pourboire pour que tu lui chantes, tout à l'heure, la même chanson !

Et il les traîna tous deux dans sa cour. Je regardai à travers la palissade. Un fouet à la main, Codine forçait « Le Matou » à se dévêtir. Celui-ci était déjà en chemise et en caleçon ; il suppliait qu'on ne lui fît pas honte, mais Codine le cravachait :

– Allons, ouste ! J'aurais pu te faire ramasser tes dents dans la poussière !

Quand « Le Matou » fut sans vêtements, Codine prit une pastèque d'environ un kilo et, avec une ficelle, la lui attacha aux parties génitales. Puis il le jeta sur la place de la Comorofca. « Le Matou » allait nu, la pastèque oscillant entre ses cuisses, talonné par Codine, le fouet à la main et flanqué de son violoniste qui jouait et chantait :

Feuille verte d'acacia...
Feuille verte d'acacia...

– Jusqu'à la maison d'Irène et retour ! hurlait Codine.

Le quartier n'avait pas fini de rire de cette histoire, quand, un beau matin de ce mois d'août, passa la nouvelle foudroyante : un homme, mort la veille, avait été reconnu « mort du choléra ».

Une quarantaine fut établie, la cour du cholérique isolée. Les jours suivants, le médecin et l'interne qui, franchissant le cordon des soldats, venaient inspecter le faubourg, enlevèrent quelques suspects. Avant la fin de la semaine, deux hommes tombaient en plein jour. Le surlendemain, encore un. Puis ce fut le désastre : toute la banlieue contaminée, et bientôt la ville entière. Le service sanitaire débordé ramassait les cholériques, morts ou malades, faisait le triage à l'hôpital et enterrait les morts recouverts de chaux. Un effrayant fourgon noir circulait dans les rues de l'aube à la nuit. Il prenait par erreur les ivrognes, qui pour prévenir la maladie ne trouvaient rien de mieux que de se soûler.

Quand le mal fut général, la quarantaine fut levée et les émigrations commencèrent, à l'exemple des riches qui désertèrent les premiers. Le voyage des pauvres n'était pas bien long. Ceux de la Comorofca allèrent à un kilomètre derrière l'abattoir étendre leurs tentes sur un vaste plateau stérile.

Codine donna le signal, et j'eus l'honneur de passer avant Irène et même avant Alexis. Le soir même, trois tentes (la nôtre, celle de Codine et d'Irène, celle d'Alexis) – grossièrement faites avec des perches et des couvertures – étaient installées sous le beau ciel d'août, dans l'endroit le plus abrité du plateau. Codine avait construit tout le campement.

Le jour d'après, plus de vingt tentes s'installaient sur le plateau. Codine les obligea à se tenir assez loin de nos parages.

Malgré le tragique de la situation, la plaisanterie ne perdait pas ses droits, et la meilleure fut dite par Codine :

– Vous verrez ! Le choléra aura peur de ma mère et c'est sur nous qu'il va tomber. J'aurais mieux fait de la prendre ici comme épouvantail.

Il disait vrai.

Un matin – le quatrième ou cinquième jour – j'accompagnais Codine dans sa tournée d'inspection : nous trouvâmes deux femmes et un enfant dans leurs vomissements et leurs déjections !... Les parents les cachaient, priaient Dieu et se frottaient le nez avec leur boule de camphre cristallisée pendue au cou – talisman contre le choléra.

Codine fit demi-tour, comme mordu par une vipère, démonta les trois tentes en un clin d'œil, et nous voilà de nouveau chargés comme des ânes, à la recherche d'un autre endroit, où le choléra ne soit pas.

Alexis avait sa charrette avec laquelle il travaillait dans le port ; nous jetons pêle-mêle toutes nos frusques ; nous allons cette fois-ci jusqu'au rebord du plateau, à quatre kilomètres de la ville, où poussait un petit bois de saules qui se miraient dans le Danube.

Dans ce refuge où tout sentait la vie sauvage, j'oubliai dès le lendemain le choléra et l'ail qu'il fallait manger, et le camphre que l'on portait au cou, et le vinaigre pour se frotter le corps. Le bois de saules et son petit monde d'oiseaux me semblaient un coin de paradis ; la vue de mon cher Danube, par nos nuits tièdes et étoilées, nos clairs de lune, répondait à mon plus grand rêve d'enfance : une vie sous un ciel clément, avec une hutte, une couverture, et une marmite sur le feu... tout ce que j'avais lu dans les histoires de brigands.

Et voilà, ma mère devient mélancolique, elle a des nausées et des maux de tête. Codine, plus blême que moi, se donne deux gifles et crie à Irène :

– Déshabille-la comme notre aïeule Ève et frotte-la jusqu'au sang !... Mais, nom de Dieu, si je m'aperçois que tu ne fais que la chatouiller, j'oublie que je suis un homme et me rappelle seulement qu'elle est la mère de mon Adrien ! Je vous montrerai comment on frotte un cholérique.

Dehors, devant la tenture baissée, je pleurais toutes mes larmes, tandis que Codine, jetant des regards furtifs à l'intérieur, maîtrisait à peine son mécontentement. Enfin :

– Mère Zoïtza ! Si vous ne voulez pas laisser votre Adrien seul sur la terre, couvrez ce qui peut vous faire honte et livrez-vous à mes pattes !

Sans attendre la réponse, il écarta le rideau et, pendant une longue heure, ma mère hurla sous ses mains comme la brebis dans la gueule du loup.

– Réjouis-toi, Adrien ! Ça chauffe ! Ça chauffe ! Et le sang afflue sous la peau !... Elle est sauvée !...

Le lendemain, ma mère était assise sur son séant, n'ayant plus de nausée, mais encore faible, bâillant sans cesse et étourdie. Codine lui fit encore une bonne friction au vinaigre, puis il mit à bouillir ses vêtements. Et montant sur le cheval d'Alexis, il alla en ville chercher des vivres.

Il m'était défendu d'entrer chez ma mère et de la toucher. Par l'entrebâillement du rideau, je vis sa tête et ses pieds rouges comme du feu. Elle me sourit et implora Dieu « pour le salut de tout le monde ». J'allai courir un peu dans le bois. Je descendis le talus et longeai le fleuve. Tout à coup, dans un taillis, je vis un mouchoir que je reconnus, avec les initiales d'Irène. À la même place l'herbe était foulée et des petites branches cassées. Je souris de la tête que ferait Codine quand je lui montrerais le mouchoir ; preuve que, malgré le choléra, il savait choisir le coin où oublier ses ennuis.

Mais au moment où je sortais du taillis, le mouchoir dans la poche, ce que je vis me prouva que j'étais à côté de la question : dans un petit ravin caché par les saules du plateau, Irène et Alexis se donnaient des baisers ardents.

Je fus pétrifié !... Ce n'était donc pas avec Codine qu'Irène venait dans les taillis, mais avec le frère de croix !... Rapidement, je remis le mouchoir à sa place et m'en allai sans être vu.

Défaillant, le cœur battant sous le poids des pressentiments les plus sombres, je remontai le talus et vins me jeter dans la tente où ma mère me fit du bien en m'assurant qu'elle se trouvait beaucoup mieux. J'aurais voulu partir, maintenant ; ne plus rester dans ce lieu où de si grands malheurs étaient à prévoir.

Irène et Alexis reparurent, chacun arrivant par un chemin différent. Ah !... comme leurs visages cachaient mal le secret. Regardant l'œil d'Alexis, je perdis toute illusion sur la sincérité des frères de croix.

À peine étaient-ils rentrés qu'un furieux galop nous avertit du retour précipité de Codine. Essoufflé, il descendit de cheval et cria :

– Le service sanitaire rafle les malades du premier campement !... Nous sommes dénoncés pour nous être réfugiés ici, et l'ambulance peut arriver d'un moment à l'autre ! Je cache la mère d'Adrien et ses effets... S'ils s'amènent pendant mon absence, vous dites que nous sommes trois personnes âgées et un enfant, tous bien portants !... Compris ? Pas de bavardage inutile ! Ils embrouillent les gens comme des juges d'instruction !

Et rentrant sous notre tente :

– Hé, la mère ! fit-il en riant. Avez-vous entendu ? Vous risquez de faire connaissance avec le fourgon ! Comment vous sentez-vous ?

Ma mère, pour toute réponse, se mit debout.

– Parfait ! clama Codine ; mais, quand même, pour éviter l'obligeante prophylaxie de la fosse commune, nous allons faire un petit voyage tous les deux et chercher à nous suffire par nos propres moyens !

Ce disant, il la souleva dans ses bras comme un enfant et se mit à descendre la pente du plateau, pendant que je les suivais avec les vêtements de ma mère, encore trempés, sur le dos.

Qui dira mon angoisse à les voir se diriger dans la direction du taillis ? L'idée seule du soupçon dans le cœur de Codine me donnait le vertige – et j'essayai de le dérouter :

– Par ici, Codine, par ici ! Il y a un endroit très caché de ce côté-ci.

– Mais non, mon vieux, c'est dans la boue. Et puis, nous avons ce gros taillis ensoleillé qui s'offre à nous !

Il y alla. Alors je fus pris par la peur que le mouchoir n'ait pas été ramassé, et je courus. Il n'était plus là, heureusement. Mais Codine ne manqua pas de remarquer l'herbe piétinée et les copeaux fraîchement taillés d'un rameau de saule. Il prit et tâta l'écorce humide, resta pensif, donna autour de lui des coups d'œil circonspects, et me dit, me regardant d'un air troublé :

– Quelqu'un vient de partir d'ici... C'est pas toi ?

Je répondis non, sans réfléchir et me repentis aussitôt de n'avoir pas dit oui.

– Vous savez, dit-il à ma mère, c'est très bien ici, mais la couchette est déjà connue, et je saurai bientôt par qui. Le loup ne visite pas la bergerie qu'une seule fois.

Il allait soulever ma mère pour l'emporter ailleurs, quand je vis ses yeux arrêtés sur l'herbe ; il se penchait et ramassait la preuve irréfutable de la trahison : Irène avait perdu, dans ses ébats, la boule de camphre qui pendait d'ordinaire à son cou, attachée par un fil de laine rouge. Codine, raidi sur place, tenait entre ses doigts la petite pelote, avec un geste et un regard qui semblaient dire : Enlevez ! Enlevez ça !... Elle me brûle ! Puis ses yeux revinrent sur les copeaux, ses mains se baissèrent comme si elles allaient soulever une poutre, et il mit quelques copeaux dans sa poche.

Près de la tente, Codine s'approcha de sa maîtresse qui causait avec Alexis, et son regard se promena plusieurs fois, du cou nu d'Irène aux mains d'Alexis. Alexis s'amusait avec un rameau de saule écorché. Codine, très calme, demanda :

– Et où est ta boule de camphre, Irène ?

– Je l'ai perdue, Codine.

Les sanitaires passèrent, en effet, dans la matinée, et constatèrent que quatre personnes étaient là en bon état de santé.

– Nous pouvons maintenant ramener la mère, Adrien, dit Codine gaiement.

– Je viens moi aussi, pour voir où vous l'avez fourrée !

Irène nous suivait.

Codine, me regardant drôlement, répondit sans montrer son visage :

– Hé ! Pourquoi pas ? Et tu peux venir aussi, toi, frère Alexis.

Codine marchait à côté de moi en fumant, muet. En bas du talus, Alexis nous talonnait, tandis qu'Irène, ralentissant le pas, disparaissait derrière. Codine fit semblant de ne rien voir, mais en revenant avec ma mère, qui marchait sans aide, il cria :

– Hé ! Irène ?

– Hé bien ! quoi ? répondit-elle, dans le taillis du malheur. Elle cherchait probablement son camphre.

Codine me regarda avec un : As-tu vu comment le loup repasse à la bergerie ? et demanda de nouveau, s'arrêtant :

– Qu'est-ce que tu fais là ?

– Ma foi, je pisse... si tu veux le savoir !...

– Et toi, Alexis, tu n'as pas aussi envie de pisser ?

Alexis rit bêtement et ne comprit rien. À cela se borna l'investigation de Codine pour la matinée.

Je ne savais que penser. À midi, ce fut le repas en commun, comme nous faisions de temps en temps. Codine, qui de coutume avalait un kilo de côtelettes, mangeait mal. Il évitait de me regarder et racontait. Il nous faisait même rire et réussit à endormir ceux qui avaient le plus d'intérêt à être éveillés. Ma mère, pourtant, ne fut pas dupe, et moi encore moins.

– Adrien, les choses se gâtent ici : Codine « *cuit* » de tristes idées !... Dès que je serai mieux, nous irons chez ton oncle Dimi. Et que le Seigneur ait ces trois malheureux sous sa garde !...

Ma mère laissait toujours à Dieu le soin de débrouiller les choses compliquées ; mais moi, frère de croix de Codine, qui ne comprenais pas comment Dieu pourrait jamais arrêter son couteau, je pensais tout autrement. Je décidai que je ne lâcherais plus Codine d'un pouce.

Il eût pourtant bien aimé s'éloigner de moi. Il s'en alla seul, à l'ombre d'un grand saule où, tous les jours, nous faisions ensemble la sieste. D'habitude, il m'appelait ; j'allai le rejoindre sans invitation : n'étions-nous pas frères de croix ?

Je le trouvai calme, pensif ; il rit pour me faire plaisir, il savait que j'aimais son rire.

– C'est bien que tu sois venu – sa voix était altérée : Je veux justement te demander : Qu'en penses-tu, de cette pelote perdue et de ces copeaux dans le taillis ?

Il tira de sa poche la pelote de camphre et un morceau d'écorce de saule qu'il enroula autour de son doigt comme un ruban.

– Je pense, dis-je, qu'Irène a perdu son camphre.

– Tiens ! ça, c'est malin ! Puisque je l'ai dans la main et qu'elle avoue l'avoir perdu, pas difficile de penser comme toi ! Mais ces copeaux, à côté de la pelote, hé, qu'en dis-tu ?

– ?...

– Les copeaux, frère, les copeaux... de la branche nue qui est entre les mains d'Alexis... Hein ?... tu l'as vue, la branche ?

– Oui...

– De ce rapprochement, que dis-tu ?

Je ne pus supporter la brûlure de ses yeux fouilleurs et, pour faire diversion, je me jetai ventre à terre, sur l'herbe molle. Il m'imita, posa sa tête sur ses bras croisés, le nez dans l'herbe, et dans cette position, il suppliait avec un gémissement :

– Dis-moi, petit frère, ce que tu penses de ce hasard, et... et je te croirai.

– Mais Codine, que veux-tu que je pense ? Ils se sont promenés ensemble, voilà...

– Comme des amis, hé ?...

– Oui... pourquoi pas ?...

– Et ils sont allés dans le taillis, ils ont piétiné l'herbe, ils y ont laissé la pelote, sans même s'en apercevoir... Tout ça, frérot, comme des amis ?

– ?...

– Dis, mon petit frère... Réponds... Fais-moi croire que ce que je pense, c'est vrai ! Et... sauve-moi, si tu peux... mais pas avec des bêtises !

Il parlait, la face toujours enfouie dans l'herbe. Devant nous, tout au fond, sous les branchages qui marbraient le sol de taches d'ombres et d'éclats de soleil, ma mère, Alexis et Irène, chacun étendu devant sa tente, reposaient immobiles. Sur les jambes nues et bronzées d'Irène, visibles jusqu'aux genoux, bougeaient des flaques d'argent liquide. Codine, relevant la tête et l'appuyant sur son menton, fixa d'un œil fauve ces jambes inertes, et son visage commença de se décomposer. J'eus peur, une peur affolante, je lui touchai le bras :

– Codine, frère, que fais-tu ?... Que penses-tu ?...

Il se leva, comme sortant d'un vilain rêve. Il se mit sur son séant, tournant le dos à la vision noire. Et l'air abruti :

– Mon brave Adrien... Vaudrait mieux rompre notre pacte, oui...

– Quel pacte, Codine ?

– Celui que nous avons fait dans les marais, la nuit de chasse...

– Ne plus être frères de croix, Codine ?

– Oui... ne plus être...

– Comment ? criai-je, le cœur meurtri.

– Parce que, parce qu'il n'y a pas de fraternité sur la terre... Hé ! laisse-moi donc libre ! J'irai bientôt vivre avec les loups !

Son visage était redevenu calme et pâle. Il se leva, lestement, et je le suivis comme un chien. Il marcha sur Alexis d'un pas alerte et lui cria gaiement :

– Frère Alexis !... Veux-tu atteler le cheval ? Il y a longtemps, nom de Dieu, qu'on n'a pas bu un verre chez l'Angélina !

Alexis se leva, molasse :

– C'est à cause du choléra...

– Peuh !... Le choléra n'est pas le plus mauvais mal sur le dos du pauvre monde !

Pendant qu'Alexis attelait, Codine tournait autour d'Irène, toujours allongée sur l'herbe et qui le regardait sous ses gros sourcils ; puis, brusquement, il se pencha, fit danser devant son nez la pelote de camphre. Un flux de sang colora les joues de la femme, puis elle devint blanche comme la chaux. Codine ricanant :

– La reconnais-tu, chérie ?

Elle, la voix étranglée :

– Où l'as-tu trouvée ?

– Où tu l'as perdue.

À l'appel d'Alexis, debout sur la charrette, les brides à la main, Codine laissa tomber la pelote sur la figure d'Irène :

– Garde-la, ma belle ! Elle peut servir encore contre le choléra, et... pour donner la mort !

Irène se couvrit les yeux avec son bras. Codine courut vers la charrette, sauta, enlaça la taille d'Alexis. Je sautai, moi aussi, et l'enlaçai à mon tour... Avec nous, tous les trois debout, le cheval partit au trot.

Pas un enfant qui joue, pas un homme à ses affaires, pas une femme aux portes. Désolation... Choléra...

La charrette s'arrêta devant le cabaret. Personne à l'intérieur, sauf un vieux balayeur de wagons que le choléra ne voulait débarrasser ni de la vie ni de l'eau-de-vie.

Il y avait une bonne fraîcheur. Au comptoir, Angélina, un peu pâle, un peu triste, indifférente comme d'habitude. Sur une chaise, à côté, sa vieille mère raccommodant des nippes, comme toujours.

Nous nous assîmes autour de la table ronde, au milieu. On servit du vin. On m'en versa à moi également, mais je ne pouvais pas boire. Mes yeux ne se détachaient pas de Codine, qui s'envoyait verre sur verre. Alexis buvait aussi, mais moins sec.

Les premiers litres défilèrent dans le silence et presque l'immobilité. Codine interrogeait :

– Qu'est-ce qu'il est devenu, ce garçon ?

– Choléra, faisait Angélina.

Cela suffisait maintenant à désigner l'endroit où se trouvait quelqu'un.

Je revois toute la scène.

Le balayeur, un petit verre à moitié vide devant lui, somnolait, la tête sur la poitrine. Alexis, pour dérider Codine, crache du vin sur le vieux qui gronde et s'essuie la figure ; Codine ne rit pas, au contraire, il se renfrogne de plus en plus. Alexis rit pour tout le monde et, afin de montrer qu'il est bien le chien de son maître, il va à la charrette et revient avec la branche de saule apportée avec nous.

Codine, qui tournait alors le dos à la porte, ne voyait pas Alexis ; celui-ci revient à la table du vieux endormi, frappe un coup retentissant qui effraie l'ivrogne et nous fait sauter ; mais le plus secoué, c'est Codine. Ses yeux tombent sur le rameau de saule. Son teint blêmit. Voulant prendre son verre et boire, il le renverse. Alexis, la baguette à la main, se trouble.

– Ça t'a fait si mal... le coup sur la table ?

– Très mal... ça m'a frappé au cœur !... répond Codine avec une voix caverneuse.

Et le regardant avec un œil qui ne pouvait plus tromper ni moi, ni Alexis, ni même l'indifférente Angélina, Codine prend la main de son ami, l'oblige à tâter la grosse cicatrice de derrière son crâne, et dit :

– Tu vois, Alexis ?... Ton coup de verge m'a fait plus de mal que la matraque qui m'a touché quand je t'ai sauvé la vie.

Alexis, debout, regarde son ami avec étonnement et ne sait quoi répondre, mais quand Codine se lève et le domine de toute sa taille, il devient jaune. Son regard va de moi à Angélina et d'Angélina à moi, comme pour demander : Il sait ?

– Avec quel couteau as-tu enlevé l'écorce, hé, cher Alexis ?... interroge Codine, un pied sur le tabouret.

– Avec celui-ci... murmure Alexis, tirant son couteau de sa ceinture.

– Il n'est pas fait pour baigner dans du sang, plutôt dans du jus d'oignon !... Si tu veux le rendre redoutable, il faut lui empoisonner la pointe, et tiens, regarde, voilà dans quel venin !

Il déboutonne sa manche, plante le couteau à un centimètre de profondeur dans son avant-bras.

Je crie, Angélina crie, et Alexis :

– Frère Codine !... Qu'est-ce que tu as ?

– Ah ! Frère Alexis ! – lui rendant son couteau et laissant le sang couler : Ah !... Ah !... J'ai été mordu par une vipère ce matin !... Angélina, apporte à boire !... Et toi, Alexis, chante quelque chose, chante, mon frère !... Assieds-toi sur cette chaise... J'aime bien te voir assis. Chante, par exemple, « Le Chemin de Pangaratzi ».

Alexis, suant à grosses gouttes, eut le visage traversé d'une lueur de bonheur ; ses chants charmaient toujours Codine.

– Pourquoi veux-tu cette chanson triste ? ose-t-il demander.

– Comme ça, frère... Pour que je me rappelle les choses oubliées...

Pendant que son frère de croix se promène comme un lion en cage autour du tabouret, Alexis s'assied et commence d'une voix tremblante :

Le chemin de Pangaratzi

Est parcouru par les soldats

Qui conduisent les condamnés...

À les voir traînant leurs fers

La tristesse vous saisit !...

Reine !... Votre Altesse !...

Soulagez un peu leur misère !

La misère des condamnés !

Codine, le visage embrasé, congestionné, comme le jour de la fameuse bagarre, s'approchait par-derrière, renversait la tête d'Alexis, et lui disait, avec une effroyable tendresse :

– Ah !... mon frère Alexis !... Je l'aime, ta chanson !... Mais quel diable t'a poussé, ce matin, à couper une baguette de saule ?... Hé, frère ?... As-tu coupé tous les matins des baguettes, pendant que j'allais chercher des vivres, dis ?

La tête dans les bras de Codine, les yeux dans ses yeux, Alexis, à voix étouffée :

– Je ne comprends pas, Codine...

– Tu ne comprends pas, Alexis ?... Et ces copeaux-là, tu les reconnais ?

Une violente commotion secoue le corps du malheureux ; Codine a tiré de sa poche les bouts d'écorce de saule, et ses yeux se sont colorés de sang.

Alors, Codine lâche soudain cette tête, fait un saut en arrière, comme brûlé, et Alexis, ivre de vin et de malheur, laisse tomber son front sur la table. En cet instant de silence, je me souviens que la vieille s'exclama, pour elle-même :

– Seigneur !... Pardonne-moi !... J'ai oublié que c'est demain vendredi, faible tête que j'ai !...

Et à sa fille :

– On n'a pas allumé la veilleuse pour la miséricordieuse sainte Vineri !...

Elle court, revient avec un verre et se met à préparer la veilleuse, ajoutant de l'huile et changeant la mèche.

Les yeux de Codine s'arrêtent sur la veilleuse. Il est appuyé contre le mur, recroquevillé, les mains dans les poches ; son regard injecté va de la veilleuse aux épaules d'Alexis. Enlevant son chapeau, il se signe trois fois. Puis, se couvrant, il crie :

– Chante, Alexis !... Chante toujours !... Et toi, Adrien, va porter un verre d'eau-de-vie au vieux...

Angélina verse, je prends le verre de sa main et vais le porter au balayeur, pendant que la vieille allume la mèche.

Un gémissement bref, c'est tout ce que j'entends en posant le verre sur la table du vieux ; quand je me retourne, je vois Codine couvrant de sa masse le dos d'Alexis écrasé sous le poids ; le tenant enlacé, lui disant à l'oreille avec une voix de râle :

– Chante, Alexis !... Chante, mon frère !...

Sur le coup, je ne comprends pas, mais je vois le corps d'Alexis se débattre, donner des secousses. Comme personne ne dit rien, je m'approche ; d'un mouvement du coude, Codine me repousse et fait en même temps un saut en arrière. Un jet de sang jaillit, sous mes yeux, de l'épaule gauche d'Alexis, qui s'effondre sur le plancher !... Je vois encore, en quelques secondes voilées de brouillard, Codine sauter dans la voiture d'Alexis et disparaître ; Angélina tourner le dos au crime, sans une exclamation. Et la vieille, allumant la veilleuse de sainte Vineri, la pose tranquillement à la tête du mort, sur le plancher, après une génuflexion.

... Novembre déversait sur le monde sa pluie glaciale. Le quartier, sortant de l'épidémie, détendait ses membres sales dans la boue de la place. Et je me trouvais, seul et triste, lisant sous l'abat-jour de ma lampe, quand, vers les huit heures du soir, un toc-toc à peine perceptible, dans les carreaux noirs et trempés de la rue, me fit abandonner ma lecture et sortir.

Ma mère n'était pas à la maison. Dans la cour, boue et ténèbres, pluie torrentielle. Péniblement, traînant mes sabots, un sac sur la tête, j'ouvris la porte cochère... et reculai : Codine, courbé, devant moi !...

Je ne distinguais rien de son visage, mais sa taille suffisait à le faire reconnaître. Une houleuse douleur emporta mon cœur.

– Tais-toi !... Viens chez moi !... chuchota-t-il, soufflant une terrible puanteur de tabac et d'eau-de-vie.

En même temps, il me prenait par la main ; et sa main, plus froide que celle d'un mort, me glaça le sang. N'était la grande pitié qui emplissait mon âme et mon cœur meurtri, je n'avais pas trop envie de suivre un homme recherché par la police et si peu semblable à mon Codine de l'été passé.

– J'arrive des marais ! fit-il dans sa cour. Des marais, où j'ai vécu avec les loups !... Mais les loups ont leur fourrure, moi pas. Je suis transi, et plus laid que jamais ; ne t'effraie pas !... Que veux-tu, j'ai toujours fui ma laideur, je me suis battu avec, mais assez... Aujourd'hui, la paix est faite, nous vivons en bonne compagnie.

Il poussa la porte de la chambre. La mère Anastasie, devant son feu, tournait le dos à la porte ; devant l'apparition de Codine, elle eut un haut-le-corps, si grotesque qu'on aurait dit qu'elle voyait le diable. En effet, avec sa barbe de deux mois, sa boue, ses loques, Codine, ivre et enrouillé, n'était plus de la race humaine.

Sur le seuil, il me montrait sa mère avec un ricanement de bête sauvage :

– Cet avorton ! Tu parles que le choléra a eu raison d'en avoir peur ! Et elle me fait l'injure de s'effrayer quand elle me voit !...

Sur ces mots, dans l'état même où il se trouvait, il se jeta sur le grabat, pendant que la mère Anastasie reprenait sa place.

– Ferme la porte et assieds-toi sur l'escabeau, dit-il. Je ne te retiendrai pas longtemps... Je ne t'aurais pas même dérangé, si ton souvenir ne me persécutait sans cesse... Mais avant de me livrer à la justice des hommes, je me suis dit que j'avais... peut-être... encore ce droit sur la terre de serrer la main d'un enfant, d'un frère !... Donne-moi ta petite main, Adrien, laisse-moi sentir la chaleur de ton sang !... Ah !... ce sang !... La goutte de sang que j'ai bue la nuit de chasse, hé, elle n'a pas pu détruire le venin que ce reptile-là m'a passé dans le corps !... Je suis resté l'homme au sang pourri !... Je te prie, Adrien, d'avoir toujours pour moi une pensée de miséricorde... Car si ma vie fut criminelle, mon désir de faire le bien n'a jamais manqué... Mais personne n'a voulu de moi.

Il se tut un instant... Ses paupières, lourdes de sommeil, se maintenaient à peine ouvertes. Puis il reprit, parlant plutôt les yeux fermés :

– Maintenant, écoute ce que je vais te dire : figure-toi, je me suis mis en tête de vouloir vivre encore... Vivre d'une autre façon... Je suis jeune... Trente-deux ans... Je sais que mon crime est lourd de péché ; mais avec de l'argent, les boïars veulent bien causer. Le tout, c'est de pouvoir faire venir un ou deux avocats de Bucarest, de les payer gras ; et de les laisser parler aux jurés !... Que diable ! Les jurés aussi sont des hommes, ils ont leurs petites faveurs à demander. Et alors, ils entortillent le code et leurs réponses... Demain, à l'aube, je vais mettre le genou sur le cou de cette harpie qui se chauffe le cul au feu, et... nom de Dieu !... elle me donnera non seulement l'argent qu'elle garde pour les curés, mais encore le lait qu'elle a sucé à sa mère !... Puis... ma foi... on verra... D'ici dix ans, je ne serai pas vieux... Peut-être que j'irai dans un monastère, au mont Athos ou ailleurs. Là, on vit bien... Enfin... La question... la... question... c'est...

de... de... de...

Codine dormait. Et tout de suite il se mit à ronfler terriblement, une énorme bouche ouverte entourée de gros poils.

Alors je vis la mère Anastasie lever la tête avec dureté. Ses regards, furtifs d'ordinaire, fixèrent mon visage avec mépris. Elle se mit à trépigner ici et là, prit une marmite, la laissa, attisa le feu et fouilla au-dessous du lit, sans aucune crainte de réveiller Codine. Et me regardant effrontément, elle me dit avec ses yeux : « Que fais-tu ici ? Fous-moi le camp !... »

Je me levai, donnai un dernier coup d'œil à Codine : vraiment on n'aurait pas pu coucher dans la même chambre que ce monstre à gueule béante, ronflant à faire trembler la maison. Je rentrai, traversant encore une fois boue et pluie ténébreuses.

Une heure avait passé. Une heure, pour moi, pleine de choses indicibles : regrets, pitié, crainte, douleur, souvenirs de l'été tragique. J'avais certaines paroles de reproche à lui adresser ; son état d'ivresse m'en avait empêché.

Ma mère n'était pas encore de retour à la maison, quand neuf heures sonnèrent à la pendule en même temps qu'un formidable rugissement de bête assassinée s'entendit.

Puis un autre rugissement aussi fort, et une suite d'horribles râles qui firent vibrer les vitres.

Je passai dans la cuisine, avec l'intention de sortir dans la rue pour voir. Ah ! le coup terrible que je reçus dans la poitrine !... Les râles, déjà moins forts, ne venaient pas de la rue mais de la cour. L'idée que la mère Anastasie avait pu tuer Codine d'un coup de hache me passa devant les yeux ; c'était impossible, un avorton pareil !

Je repris vite mes sabots et mon sac, et j'ouvris la porte... Des voix d'hommes et de femmes, des exclamations d'horreur... J'arrivai dans la cour. Notre propriétaire y était déjà, avec d'autres gens qui entraient chez Codine et en sortaient par une brèche de la palissade.

– Qu'est-ce qu'il y a ?

– Mon pauvre garçon !... s'exclama la propriétaire, ses deux mains sur son visage.

Et j'entendis :

– La mère Anastasie a versé, dans la bouche de Codine endormi, deux litres d'huile bouillante.

Je me précipitai par le trou de la palissade, mais un homme qui se trouvait là me poussa en arrière et me dit avec bonté :

– N'y va pas, petiot, n'y va pas, c'est affreux à voir !... Tu pourrais tomber malade !...

Les jambes défaillantes, me traînant, j'entrai chez Codine par la porte de la rue. La cour de la mère Anastasie était bondée de gens. Chacun voulait m'empêcher de regarder. Je me trouvai monté sur la palissade. Là j'aperçus le sac. On avait jeté un sac sur le torse de Codine à moitié sorti de la chambre. Le sac ne bougeait plus. À côté, sur la prispa, la mère Anastasie était accroupie près du cadavre de son fils, un cierge de cinq centimes à la main. Elle le contemplait. La flamme du cierge vacillait au vent.

II
Kir Nicolas

Ce fut à la chaleur âcre d'un four de pâtissier – le four de Kir Nicolas – qu'Adrien, à peine âgé de quatorze ans, sentit d'abord obscurément, puis, avec pleine conscience, se développer en lui l'amour de l'amitié.

Pour les banlieusards de la rue Grivitza, Kir Nicolas était tantôt turc, tantôt grec, ou bien albanais, vu qu'on l'avait entendu parler dans ces langues et qu'il était en relations d'amitié avec des gens appartenant à ces trois races. Mais les commères du faubourg se mettaient plus vite d'accord pour le qualifier de vénétic, c'est-à-dire d'*étranger suspect*.

Suspect, Kir Nicolas l'était, bien entendu, comme tout étranger qui arrive et s'établit dans un pays civilisé. Il aurait eu mauvaise grâce d'en vouloir aux habitants de Braïla, si semblables à ceux de toute autre ville d'Occident. Les uns et les autres, d'ailleurs, permettent volontiers aux vénétics d'entrer dans leurs familles dès qu'ils deviennent riches. C'est une faiblesse. Kir Nicolas n'avait pas à la craindre, d'abord parce qu'il n'avait ni fortune ni jeunesse, puis qu'il était très sale. Adrien – voisin du pâtissier depuis quelques jours – en fut choqué.

Bonhomme court de taille, grisonnant, la barbe et la moustache jaunies par la fumée du tabac, d'âge incertain, Kir Nicolas était pareil à sa boutique basse, poussiéreuse, enfoncée de près d'un mètre dans le sous-sol – boutique à la fois four et magasin qui avait vu trois générations de pâtissiers frotter ses murs et user la pierre de son seuil. Comme son four – géante locomobile plate, enduite de glaise jaune occupant les trois quarts de l'espace –, comme ses outils – pelles, planches, tourtières –, Kir Nicolas était entièrement imbibé de saindoux et saupoudré de farine, depuis ses sabots éculés, son pantalon brillant, son inséparable veston dont la couleur primitive avait disparu sous d'épaisses couches de pâte écailleuse grillée par le feu, jusqu'à sa calotte, si crasseuse qu'à l'approche de la chaleur la graisse qui la saturait se diluait et gouttait sur son front.

Cela n'empêchait point la jeunesse du quartier de se lécher les doigts et les babines, après avoir savouré pour cinq ou dix centimes

65/93

de la fameuse *platchynta*, son unique gâteau, notre gâteau national qui n'est autre chose qu'une pâte finement feuilletée, farcie de fromage aux œufs ou de viande hachée à l'oignon, le tout noyé dans de la bonne graisse de porc.

Adrien en était gourmand lui aussi. Mais, jeune terre, bonne terre assoiffée de vie, il y eut bientôt autre chose dont il fut aussi gourmand : ce fut de l'atmosphère de la pâtisserie et du pâtissier lui-même, un monde qu'il découvrit par ses propres moyens.

Le destin de l'homme n'est rien autre que sa propre personnalité, et il se manifeste dès sa sortie du berceau. On a beau prétendre que le milieu social influence et façonne l'être humain, *il ne change rien*. Qu'il soit né dans la pourpre et qu'il soit élevé par des Fénelon, celui qui est destiné à diriger une épicerie restera épicier, aura âme et intelligence d'épicier, même si son milieu social le hisse à la direction d'un royaume. Il a pu venir au monde sur un tas de fumier, vivre parmi les voyous et rester illettré toute sa vie, cet autre qui, dans le brasier mystérieux des conceptions, a reçu les trésors de la pensée et des hauts sentiments, il sera toujours un penseur et un foyer de haute existence.

Du bon génie, le milieu social ne fera jamais un mauvais génie ni une fripouille ; de l'homme-pantin, il pourra faire à volonté un marchand de vin ou un stupide avocat. Sur celui-ci l'influence du milieu exercera tous ses caprices ; sur l'autre, elle ne pourra absolument rien. Et ainsi, rien ne sera changé, ni dans un cas ni dans l'autre.

Les habitants de ce faubourg, qui égalait en puanteur les faubourgs du vieux Caire et de l'ancien Alep, accusaient Kir Nicolas d'être sale. Il l'était en effet. Mais ce qui obligeait les gamins et les fillettes du quartier à se tenir prudemment sur le seuil de sa boutique, c'était sa réputation de satyre. Disons que Kir Nicolas en avait bien l'air.

Adrien demanda l'avis de sa mère. Celle-ci, fort embarrassée, lui dit :

– Mon enfant, le coupable n'a qu'un péché : celui qu'il a commis ; mais l'accusateur en a mille : tous ceux dont il accable à tort son prochain. Je ne connais Kir Nicolas que depuis une semaine, mais je ne me méfie pas de lui. Il a la bonté dans les yeux, et je crois au langage du regard ; l'homme peut tout feindre par la parole, rien par le regard.

Et voilà Adrien installé sur le banc de la pâtisserie, un livre sur ses genoux, tel qu'il avait fait avant de demander l'avis de sa mère. Il venait d'abandonner, après une année de bagne, la vie d'esclave qu'est celle de garçon de cabaret, et maintenant, avide de lecture et de liberté, sans aucune relation amicale avec les garçons de son âge, il mettait les bouchées doubles, lisant, flânant, et fouillant dans le grand livre de la vie : le cœur de l'homme.

Certes, le monde est plein de cœurs, mais presque tous ressemblent à ces plantes inutiles qui poussent sur les bords des chemins : bien mieux vaut une pomme de terre. Kir Nicolas surgit avec le sien. Et ce fut autre chose.

Comme toute la rue, Kir Nicolas avait appris qu'une veuve, blanchisseuse journalière, et son enfant venaient de prendre possession d'un logement de deux pièces dans la maison contiguë à son four.

Aussitôt les commères colportèrent que la nouvelle logeuse avait vécu avec un Grec et que son enfant était donc un *Catzaone*. Et les petits chenapans de faire chorus avec leurs parents et de chanter à Adrien dès qu'ils l'aperçurent :

Grec, Grec, parpalèque.
Tourne ton derrière que je te frotte !...

Le pâtissier fut très étonné de voir que le « parpalèque » passait son chemin sans répondre, selon la règle, par une mitraille de pierres à l'offense reçue. Son étonnement fut encore plus grand quand il s'aperçut qu'Adrien avait toujours avec lui un livre, s'en allait vers les champs, rentrait, lui disait au revoir après avoir achevé son morceau de platchynta, et le regardait droit dans les yeux, à la différence des autres gamins qui détournaient leurs regards comme des fripons. Aussi fut-il content de le voir prendre place et s'attarder de longues heures sur le banc de sa boutique.

De son côté, Adrien se plaisait à parler en grec à Kir Nicolas :

– Mais, disait-il, Kir Haralambe (c'était le nom du patron grec qu'il venait de quitter) m'a fait payer cher sa langue. Je crois que le nombre de gifles que j'encaissais de lui dans une journée dépassait le nombre de nouveaux mots grecs que j'apprenais chaque soir. Et pourtant, Kir Haralambe se disait fier de me savoir fils de Grec...

Kir Nicolas s'exclamait :

– Eh ! *Moré Adriani* ! Grecs, Turcs, ou Tartares, nous ne sommes que de pauvres hommes. La *nation*, c'est un mot dont se parent deux sortes de gens : les très malins et les imbéciles. Malheureusement, il y a aussi un petit nombre de sincères et de naïfs qui sont de bonne foi, c'est grâce à eux que les frontières se maintiennent. Autrement, c'en serait vite fait du mot *nation*.

– Alors, tu ne crois pas en la Patrie, Kir Nicolas ? demandait Adrien.

– Mais si, *pédaki mou* (mon petit enfant), j'y crois : la nuit, quand je travaille seul. Je me rappelle que je suis ici un « sale Albanais ». Alors je pense aux belles montagnes où je suis né et où j'ai passé une enfance douce et paisible... Et dans ces moments-là, je chante, ou je pleure ; mais jamais l'envie ne me prend d'égorger un homme en pensant à ma patrie.

Pendant qu'ils bavardaient, des femmes et des enfants entraient et sortaient sans arrêt ; il s'agissait de cuire un pain, une courge, un plat de choucroute sur lequel reposait un morceau de viande de porc, ou une volaille. Les gens aisés apportaient une brioche, les femmes lipovanes des graines de tournesol qu'elles vendaient pour gagner leur vie. Pour chaque cuisson, selon son importance, Kir Nicolas percevait un sou ou deux. Il arrivait qu'il y eût des mécontents et des disputes : le plat était trop cuit, prétendait-on, ou pas assez. Le pâtissier était aussi accusé quelquefois d'avoir chipé du saindoux ou quelques-unes des tranches de lard qui se trouvaient sur les plats.

Les trois quarts des femmes du quartier qui venaient « au four » étaient pauvres et toujours enceintes. Leurs visites n'avaient d'autre but que la cuisson d'une courge. Les vêtements sales, déchirés ou rapiécés, les cheveux en désordre, le cou à moitié lavé, les pieds nus et crevassés, la femme ne manquait pas d'avoir le ventre plein – et à peine se vidait-il pour un terme de trois ou six mois qu'il était de nouveau empli. Chaque pauvresse était toujours accompagnée d'une portée de mioches accrochés à ses jupes, presque nus, les museaux encrassés de morve, les abdomens ballonnés par l'excès de pastèques et de soupe trop claire. Quels regards toute cette marmaille avait pour la platchynta ! Les petits avalaient leur salive ; leur mère la crachait tout simplement sur le plancher. Kir Nicolas, considérant le ventre qui soulevait la jupe de la pauvre femme, prenait le sou pour la cuisson de la courge et offrait une dégustation de platchynta qui valait deux sous. La misérable, se léchant les doigts, remerciait :

– Que l'aumône vous soit dix fois rendue dans le ciel !

Et elle expliquait :

– Ce n'est pas moi qui suis vorace, mais le fœtus... Quant aux petits, deh, ce sont des garçons, et une envie non apaisée peut leur faire « tomber les couilles »...

Certaines de ces femmes partaient souvent sans payer le sou. Kir Nicolas le savait :

– Que veux-tu, bré Adriani, disait-il, les rappeler et leur faire honte, cela me rendrait plus malheureux que de perdre le sou.

Cependant, la même femme, le lendemain, se tenant sur le pas de sa porte, criait à une voisine :

– Ce sacré Albanais s'est enrichi depuis qu'il « tient le four » dans notre mahalla !

Parfois, les commères effrontées lui jetaient avec un air entendu (surtout depuis que Kir Nicolas avait obtenu la permission de vendre de la platchynta et des *covrigi* « craquelins » aux soldats de la caserne de cavalerie) :

– Ça va, petit père, hé ? Un sou d'ici, un sou de là, ça s'entasse ! La doublure de ton burnous doit être garnie de billets de mille ; c'est sans doute pourquoi tu ne le quittes jamais !

Devant ces allusions fréquentes, Adrien ouvrait de grands yeux. Il croyait à l'aisance du pâtissier, mais point à cette prétendue fortune. Kir Nicolas, gêné par la franchise de son petit ami, se justifiait :

– Ah !... *cardia mou !* (mon cœur !). On ne sait point comment faire dans la vie : lorsque je n'avais pas le sou et traînais ma misère par les rues avec trois covrigi dans mon panier, j'étais « le pouilleux » ; aujourd'hui que je suis arrivé à mettre deux sous de côté, après vingt ans de fatigue et de peines, on me couvre d'envie jaune, on m'appelle le « sale Albanais ». Et je ne sais si je n'ai pas encore plus de honte maintenant qu'autrefois !

– Kir Nicolas, lui disait Adrien, pauvre ou riche, je crois que tu as toujours été bon, et tu ne dois donc avoir honte de rien...

À force de voir Adrien désœuvré, toujours en train de lire, Kir Nicolas lui dit un jour :

– Dis donc, *phili mou* (mon ami), si tu restais chez moi, à m'aider, tu crois que cela ne plairait pas à ta mère ? Je te regarderai comme mon enfant, tu seras nourri, et tu auras quinze francs par mois. Qu'en dis-tu ?

Adrien, qui était peiné de voir sa mère s'épuiser tous les jours sur ses baquets de lessives, avait prévu et devancé cette offre. Dans ses causeries du soir avec sa mère – d'accord tous les deux désormais sur l'honnêteté du pâtissier –, il avait obtenu d'elle un consentement anticipé.

– Je serai ton aide quand il te plaira, répondit-il au brave homme ; moi je l'ai toujours désiré et ma mère accepte, car elle sait que tu ne me battras pas. J'espère également que tu me permettras de lire dans les moments libres.

– Entendu !... Ce sera comme maintenant... Mais, dis-moi un peu, *psychi mou* (mon âme), qu'est-ce que toute cette lecture depuis le matin jusqu'au soir ? Est-ce que tu aspires, par hasard, à devenir professeur ?

– Non. On ne lit pas que pour devenir professeur ; j'aime ça, voilà tout.

– Pourtant, tu as terminé l'école.

– J'ai fini l'école primaire, mais dans ces lectures, je trouve des choses beaucoup plus belles.

– Ah ! ah ! je comprends : ce sont des histoires d'amour et d'aventures !

Adrien protesta :

– Ce n'est pas ce que j'aime le plus ; il y a mieux...

– Il y a quoi ?

– Eh bien ! *du très sérieux.*

Kir Nicolas soupira :

– Eh, *poulaki mou* ! (mon poulet !) Il n'existe pas dans les livres « du très sérieux » ; il n'y en a que dans la vie. Les livres n'enseignent pas comment il faut s'y prendre pour vivre heureux, et l'enseigneraient-ils qu'on n'en tiendrait pas compte.

– Tu te trompes, Kir Nicolas ; il y a du beau et du vrai dans les livres.

– Du beau et du vrai ! Ce n'est pas cela qui fait vivre !

– Moi, cela me fait vivre et vivre heureux.

– Mais tu es pauvre, tu dois gagner ta vie !

– Ça ne fait rien ; je donnerai tout juste ce qu'il faudra à mon ventre ; le reste de ce que je gagnerai sera pour les livres.

Le pâtissier en fut très sincèrement touché :

– Ah ! Tête dure ! Je vais te donner un exemple. Notre famille, en Albanie, est croisée avec du sang grec. Ma mère avait deux frères aînés, barba Spiro et barba Vanghélis. J'ai passé mon enfance dans leur intimité, et voilà ce que j'ai appris, vu et su. Leurs parents étaient aisés. Aussi, dès qu'ils s'aperçurent que barba Spiro, le premier-né, montrait à l'école de grandes aptitudes, ils décidèrent de l'envoyer aux hautes études à Athènes. Là-bas, ce *roufiani* sortit premier, ce qui fit perdre la tête aux parents. Ils firent des sacrifices et l'envoyèrent en Allemagne, puis en France, persuadés que leur fils allait devenir un *Socratis*. Et il devint, en effet, un gros professeur de philosophie à Athènes, écrivit des livres, fit beaucoup parler de lui et se retira encore jeune dans notre village, où il acheta des terres et continua d'écrire. Je n'ai jamais mis le nez dans ses bouquins, mais les connaisseurs prétendaient qu'il y avait là « du beau et du vrai ». Et cela était bien possible. Seulement, et c'est ici qu'est la question : à quoi sert « le beau et le vrai » ? À quoi sert-il ? Oh ! oui, sans doute, il servit bien à barba Spiro, mais à lui seul ! Il vivait enfermé, avec la femme riche qu'il avait épousée. Pas un pauvre n'osait frapper à sa porte. Dans sa maison, en robe et en babouches de soie brodée de fils d'or, il était éternellement acharné à pondre « du beau et du vrai ». Il était plein de mépris pour nous et ne cachait pas son dédain aux paysans qui le saluaient lorsqu'il apparaissait dans sa voiture, étalé comme un pacha.

» Le chagrin de le voir à ce point indifférent à tout ce qui n'était pas lui tua ses pauvres parents. Ils moururent la même année, laissant presque dans la misère ma mère et barba Vanghélis. Et lorsque celui-ci, un jour de colère, appela son frère « égoïste » et lui jeta qu'il devait sa réussite à la fortune paternelle, entièrement dévorée par lui, barba Spiro ordonna aux domestiques de le mettre à la porte, en lui criant : « Les simples d'esprit doivent se contenter de ce que Dieu leur donne. »

» Ainsi, pendant qu'il devenait grand philosophe, ma mère épousait un petit fromager et luttait durement avec l'existence. Barba Vanghélis, lui, devenait fourreur, épousait par amour une fille honnête, mais pauvre, du pays, à qui il apprit son métier, et ils travaillèrent ensemble jusqu'à ce qu'ils perdissent presque complètement la vue. Ils vieillirent avant le temps ; leurs deux enfants furent emportés, tout jeunes encore, par des maladies ; puis la femme alla les rejoindre, et barba Vanghélis resta seul. C'est surtout après son veuvage que je l'ai connu. Il lisait aussi beaucoup au long de ses nuits sans sommeil. S'il se décidait à écrire, ce n'était que pour répondre à des neveux tombés dans la misère, loin de leur pays, accompagnant toujours ses lettres d'un petit mandat postal. La mort qui avait fauché toutes ses affections l'avait en même temps réduit à la gêne, presque à la pauvreté, mais son cœur était resté bon, malgré les souffrances et les revers.

» Quand, à dix-neuf ans, j'ai dû quitter aussi mon pays et aller tenter la chance ailleurs, ma mère, veuve, mit dans ma bourse ce qu'elle avait, mais ce n'était pas assez. Alors, je suis allé rendre une dernière visite à mes deux oncles. Barba Spiro, sentant bon le cosmétique, s'amusait avec ses trois enfants, leur apprenant dans le jardin à jeter le disque et le javelot. Il se montra visiblement importuné, m'offrit avec générosité un fromage de chèvre d'une oka et un vieux châle, puis me donna un baiser froid comme son cœur. Je suis sorti de chez lui tout en pleurs. Dehors, je jetai par-dessus le mur de sa propriété châle et fromage, et me frottai les joues avec de l'herbe.

» Barba Vanghélis me reçut avec affabilité, son sourire stoïque sur les lèvres. Il enleva ses lunettes, me fit asseoir et me parla beaucoup. Il me raconta les aventures de sa vie et ce qu'il fallait dire à un enfant qui s'en allait par le monde, sans argent et sans expérience. Puis il tira une bourse de son armoire, et l'enfermant entre mes mains, qu'il serrait fortement, me dit : « Voici, *matia mou* (mes yeux), c'est tout ce que je peux te donner. Dépense avec précaution, mais ne sois ni avare ni insensible. Mieux vaut souffrir la misère que de rester indifférent devant la faim de son prochain. Que le Seigneur te protège, adio ! Moi, je ne te reverrai plus. »

» Et il me serra dans ses bras. Il est mort peu après. Voilà, Adriani... Les livres ne rendent pas bons ceux qui les écrivent.

Adrien resta ébahi. Il douta :

– Kir Nicolas, tu ne me trompes pas ?

– Je te jure sur la lumière de mes yeux que je t'ai parlé vrai.

– Mais comment est-il possible d'écrire des livres pour les hommes, sans aimer les hommes ?

– Très bien : c'est pour gagner de l'argent et...

– Gagne-t-on de l'argent en écrivant des livres ?

– Beaucoup, preuve barba Spiro ; et puis, de la gloire.

– Quelle gloire ? Il n'y a pas de gloire si l'on a le cœur sec.

Ce soir-là, en entrant dans son lit, Adrien se mit à douter de ce qui avait été jusque-là sa plus forte passion, après son amour pour la liberté : la divine Lettre, la belle lettre imprimée, la phrase concise d'amour et de vérité qui fait tressaillir le cœur et éblouit l'esprit – la noble déesse, la Littérature ! Il lisait justement *Crime et châtiment*, de Dostoïevski. Le livre en main, il fonça du regard sur le nom de son auteur favori, comme s'il eût voulu lui arracher le secret de sa vie et se demanda :

– Dostoïevski a-t-il eu un cœur dur comme celui du professeur de philosophie ?

Le lendemain de bonne heure, aussitôt après le départ de sa mère, il alla rôder autour du lycée Balcesco, dévisageant les étudiants qui entraient en classe. Adrien arrêta l'un d'eux, son meilleur camarade d'école primaire, ancien voisin de banc, et lui dit à brûle-pourpoint :

– Connais-tu une vie ou une biographie de Dostoïevski ?

– Non, je ne connais pas, lui répondit l'interrogé.

– Qu'apprends-tu, alors, dans le lycée ? lui demanda naïvement Adrien, stupéfait.

– Oh ! mon vieux, si tu crois qu'on s'amuse ici, tu te trompes !

– Tu appelles « s'amuser » connaître les vies des grands hommes ?

– Tout cela, c'est de la blague !... Ici, on apprend surtout à s'ouvrir facilement un chemin dans la vie. Mais, si tu veux, je peux te chercher ton fourbi dans la bibliothèque du lycée et tu l'auras à midi.

– Tu m'obligerais beaucoup... Je serai là pour le prendre.

Une poignée de main mollasse, et le jeune homme, qui pensait déjà à *une vie facile*, disparut dans le bâtiment.

Attristé, Adrien se mit à longer le boulevard Couza en se disant, d'après l'autre :

– « Mon fourbi »... « C'est de la blague. » En voilà un qui deviendra professeur de philosophie... à la barba Spiro. Il a peur que son père ne l'envoie garder les porcs dans les marais.

À l'heure de la sortie de l'usine « à vie facile », dans la mêlée des étudiants de tous les degrés, Adrien aperçut son camarade descendant les marches à côté d'un collègue de la sixième, un grand jeune homme au visage distingué et très maigre, fils d'un prêtre honnête qui faisait de sa carrière un apostolat.

De loin, le premier dit au second en désignant Adrien :

– Voici le copain qui s'intéresse aux vies des grands hommes ! Sa mère est blanchisseuse, lui domestique, et la vie des grands hommes pour toute préoccupation ! C'est le cas d'évoquer le proverbe roumain : *Au chauve, que manque-t-il ? Une calotte ornée de perles !*

Le fils du prêtre fut gêné de cette grossière apostrophe, surtout en apercevant Adrien rougir jusqu'aux oreilles, content quand même de tenir le livre désiré. Aussi jeta-t-il à son compagnon cette rectification qui fit plaisir à Adrien :

– Ton raisonnement est faux, Alexandre ; il est plus louable de s'intéresser aux vies des grands hommes qu'aux vies des grands escrocs.

Et s'adressant à l'humilié :

– Ne lisez-vous que des livres comme celui-ci, mon ami ?

– Oui, monsieur.

– Vous faites très bien. Continuez.

Le livre, c'était : *Souvenirs de la maison des morts*, et il débutait par une biographie de Dostoïevski, un vrai régal : vingt pages signées Georges Brandès.

Impatient comme s'il se fût agi de gourmandise, il entama la biographie en descendant vers la maison, la dévora en route, apprit des choses épouvantables sur l'existence tragique du malheureux écrivain, lui demanda pardon en pleurant pour avoir douté de sa foi et couvrit de malédiction tous les professeurs de philosophie du monde.

Le livre en main, il entra en coup de vent chez Kir Nicolas :

– Écoute-moi, lui dit-il, tu vas être renversé. Ton oncle Spiro s'est trompé de carrière, il devrait être charcutier plutôt qu'écrivain. Voici la vie d'un écrivain.

Et, haletant, la voix étranglée par une émotion triomphante, Adrien lut au pâtissier la biographie révélatrice, s'efforçant de mettre en relief les pages douloureuses. Le brave homme écouta jusqu'au bout avec soumission, comprit peu de choses et n'abandonna pas ses convictions. Il en est presque toujours ainsi : ceux qui nous sont les plus chers ne comprennent pas ce qui nous passionne.

Dès le lendemain, Adrien commença d'aider avec ardeur son patron-ami, mais il fut pendant une semaine la risée de toute la rue. Sa mère brava cette honte, mais en souffrit quand même. Adrien, lui, n'en fut nullement touché. Il répondit par le mépris aux huées des garçons qui venaient jusque sous les fenêtres de la pâtisserie lui crier leurs insultes, et il eut bientôt la surprise de se voir courtiser, aduler par ses tourmenteurs avides d'un débris de platchynta.

Ceux-ci stationnaient, nombreux, devant la porte de la boutique, les yeux grands ouverts sur le gâteau, l'eau à la bouche, épiant le moment propice pour en mendier quelques bribes. Le plus souvent, ils entraient en bandes à la suite d'un seul de leurs copains. L'acheteur était entouré, flatté, supplié de se souvenir d'anciennes générosités dont il avait été lui-même l'un des bénéficiaires. N'oublie pas, insistait chacun, que j'ai toujours partagé avec toute la compagnie. Mais, le plus souvent, l'acquéreur du morceau se contentait de faire la sourde oreille et de s'empiffrer, pendant que les autres faisaient gicler de la salive entre leurs dents.

Comme le gâteau devait être d'une livre et qu'on ne pesait rien, l'appréciation se faisait à l'œil, selon la disposition du vendeur et la tête de l'acheteur. Aussi, quand le couteau plat de Kir Nicolas détachait un morceau pour un ou plusieurs sous, le bonhomme poussait l'air avec l'épaule et n'était jamais satisfait. Les garçons accusaient « l'Albanais » d'être plus généreux avec les filles, qu'il prenait parfois par la taille avec un sentiment douteux, une tendresse suspecte. Car Kir Nicolas n'était pas vieux. Et quand une gamine au regard audacieux, aux jambes nues jusqu'au-dessus des genoux, aux beaux seins drus sous la chemise transparente, quémandait des yeux une miette de platchynta, Kir Nicolas s'allumait d'un feu plus brûlant que celui de son four. Il la prenait par le menton et lui disait :

– Que veux-tu, petite ?

– Ah ! quelle envie j'ai d'en manger un petit bout !

– Et tu n'as pas de sous ?

– Non... Je n'en ai pas... Mais, si vous voulez bien, donnez-moi cette feuille-là, qui pend de côté. J'en meurs d'envie.

« L'Albanais » plongeait dans les yeux de la petite son regard étincelant, puis se mettait à siffler un air de son pays, prenait le couteau et détachait un morceau. La fillette s'attendrissait au point de ne plus rien pouvoir refuser à un homme si généreux. Mais Kir Nicolas n'était pas un satyre, il étouffait ses désirs et se contentait de caresser les cheveux de la gourmande, pendant que celle-ci léchait le gâteau avec toutes sortes de précautions pour le faire durer le plus longtemps possible. Il lui disait, plutôt pour parler que pour chercher à la convaincre :

– Ma pauvrette... Ma belle enfant... Ne sois pas l'esclave d'une envie. Avec un autre que moi, ce bout de gâteau aurait pu te coûter ton pucelage ! Et un jour, plus tard, quand tu seras peut-être *ouna prima donna*, fêtée par des hommes qui boiront du champagne dans ton soulier, tu regretteras amèrement d'avoir donné pour une miette de platchynta une « marchandise » qui pouvait te rapporter un domaine !

Mais, se tournant vers Adrien, il se dédisait, en grec :

– Ce n'est pas vrai, moré Adriani. Quand cette « marchandise-là » est bonne, elle est toujours donnée contre un bout de platchynta ou d'alvitz, car à ce moment-là elle est méprisée par les princes, qui ne l'apprécient bien que quand elle est passée par les mains des... pâtissiers !

Kir Nicolas vivait, d'ailleurs, en concubinage avec une femme beaucoup plus jeune que lui, autrefois belle et séduisante, maintenant ravagée par la tuberculose, vivant ses derniers jours, mais les vivant en véritable passionnée, se moquant des conseils du médecin, fumant, buvant, banquetant – sans crainte de la mort en attente déjà dans l'antichambre –, mêlant du matin au soir les larmes de la joie à celles du regret.

Léléa Zinca avait été ouvrière à la manufacture de tabac de Bucarest, d'où un homme de bonne situation l'avait tirée pour l'épouser. Elle l'avait quitté au bout d'un an pour s'enfuir avec Kir Nicolas à Braïla, où elle n'enterra pas que le souvenir d'un mari banal et compassé, mais aussi sa jeunesse rapidement brûlée par les abus de toutes sortes.

– Je n'avais que dix-sept ans à peine quand je connus Nicolas, racontait-elle à Adrien qui était vite devenu son ami ; mais l'endiablé *platchyntar*, quoique grisonnant, me plut, le vieux matou, dès qu'il osa me dire un jour – à moi, Mme Vasilesco, tout habillée de mousseline et bonne cliente de sa platchynta : « Ah ! tourterelle amoureuse ! Je ferais volontiers dix ans de bagne rien que pour pouvoir baiser les mûres de tes yeux ! » Comprends-tu, Adrien ? Dix ans de bagne pour un baiser, cela plaît beaucoup à dix-sept ans ! Aussi, ai-je permis le baiser à Nicolas ; et au lieu de l'envoyer au bagne, je lui en ai demandé d'autres, car plus j'en recevais plus j'en désirais. Puis, ma foi... j'ai agi comme on fait lorsqu'on n'est pas une grande dame : j'ai planté là mon magot et sa mousseline, et je suis partie avec celui qui était prêt à faire dix ans de bagne pour un baiser. Voilà ! Je ne regrette rien, sauf ma vie qui s'en va !

D'une propreté extrême, poussée jusqu'à la manie, Léléa Zinca, toujours blottie sur son divan, criait à quiconque voulait entrer :

– Hé !... Essuie tes pieds !

Pour créer un divertissement dans son modeste intérieur, elle déménageait les meubles chaque samedi, jour de grand nettoyage, se crevant à traîner seule le lit à la place de l'armoire, celle-ci à la place du buffet, le buffet là où se trouvait anciennement le lavabo. Puis, de nouveau, au bout de quelques semaines, les meubles reprenaient leur place après avoir fait le tour de la chambre. Les soirs de ces changements, en rentrant chez sa femme, tout propre et pimpant, Kir Nicolas jetait son exclamation brève et chantante :

– Autre mode, ma Zincoutza !

Ce mot, toujours le même, plaisait à sa Zincoutza et la rendait meilleure. Car, malgré la bonté de son ami, la pauvre femme, à force de souffrir, était devenue avec lui acariâtre comme une mégère. Cependant, Kir Nicolas ne la contredisait jamais et s'efforçait de satisfaire tous ses caprices. Ceux-ci, parfois, frisaient le dévergondage. Ainsi, dans ces festins du dimanche sous la tonnelle du jardin quand, rassemblant « amis et amies » devant un plantureux et exquis repas généreusement arrosé, Léléa Zinca faisait venir un bon accordéon ou un orgue de Barbarie. Elle se grisait jusqu'à l'oubli, entamait la fête avec des romances accompagnées par les criailleries des instruments qu'elle modérait ou accélérait d'un doigt savant, et finissait vers les deux heures du matin avec des chansons obscènes, des larmes et des insultes pour tout le monde, en commençant par son mari, et terminant l'algarade sur la tête du musicien.

L'explosion se produisait presque régulièrement à la suite du reproche qu'elle faisait à Kir Nicolas de ne pas prendre une part suffisante à la joie générale.

– Regardez-moi cet imbécile ! éclatait-elle brusquement, en montrant aux convives son mari. Ce vieil idiot qui n'a ouvert la bouche pendant toute la soirée que pour engloutir du poulet et rire comme un sot, alors qu'avec les abrutis de sa sale nation il sait chanter et s'emballer ! Misérable, c'est toi qui m'as rendue malheureuse ! Pouilleux sans religion ! Vagabond sans Dieu ! J'étais sûrement aveugle quand je me suis amourachée de toi ! Et dire que maintenant je dois faire des singeries, m'épuiser, cracher le sang, pour amuser ce scélérat... aussi bien que vous, oui, vous tous, bande d'affamés et de profiteurs, qui vous plaisez bien à ma table mais ne payez jamais un dîner aux autres ! Fichez-moi le camp, saligauds, je ne veux plus jamais vous voir, ni même entendre votre nom !

Puis, s'apercevant que l'accordéoniste écoutait et rigolait sous cape :

– Et toi, mendiant des quatre chemins ! Qu'est-ce que tu fais encore là, à écouter ce qui ne te regarde pas ? Prends vite la porte, voyou, et ne mets plus jamais les pieds ici !

Au début, la poitrinaire fut vivement blâmée pour son sale caractère. Plus tard, les choses s'arrangèrent. Les invités prenaient la poudre d'escampette aussitôt que l'orage se déclenchait, laissant le mari seul lui tenir tête. Jouant les offensés, ils boudaient jusqu'au jeudi suivant. Dès ce jour, Léléa Zinca, de son côté, ne pouvait plus supporter la solitude de sa chambre. Ses méditations se perdaient stérilement dans la fumée de ses cigarettes et le ronron du chat finissait par lui porter sur les nerfs.

Alors, elle envoyait une gamine chercher la moins rancunière des « amies » offensées, et celle-ci, sans exiger trop d'excuses, arrivait, l'embrassait et se chargeait ensuite d'entraîner les autres boudeuses, invoquant – argument suprême – l'état maladif de Léléa Zinca ; ces dernières agissaient si bien auprès de leurs maris que le dimanche arrivant trouvait tout le monde de nouveau réuni sous la tonnelle.

Au thé de l'après-midi qui précédait la fête du soir, la malade avait des larmes de regret et d'excuses indirectes :

– Que voulez-vous ! Je suis si malheureuse ! Ce n'est pas parce que je vais mourir bientôt ; oh ! de cela je me moque ! Mais cet homme me délaisse trop maintenant ; je ne suis plus rien pour lui : un corps desséché, bon à mettre entre quatre planches. Il baragouine toute la journée avec ses compatriotes, crasseux comme lui, ne me voit qu'à midi pendant le repas, et le soir, quand dans le lit il se tient le plus loin possible de moi. Je n'ai plus rien que mon chat et mes cigarettes.

– Oui, c'est triste, pauvre Léléa Zinca ! concluaient les assistants, miséricordieux.

Et tout le monde s'embrassait.

Mais à ce moment, Kir Nicolas apparaissait, remis à neuf, lavé, pommadé, barbe peignée, démarche droite, regard enflammé d'Oriental, et alors Léléa Zinca changeait de ton du tout au tout. Elle le prenait par la main, le faisait asseoir près d'elle, lui versait du thé et lui disait :

– Mais non, mon ami, ce n'est pas à toi que j'en veux... C'est que, vois-tu, cette vie... Cette vie, qui promet tant de choses au départ, tient si peu ses promesses ! Il n'y a plus moyen de boire un verre sans qu'on trouve du fiel au fond... Et puis, tu sais, je serai bientôt au port ; tout de même, cela ne me fait pas plaisir, je n'ai que trente-deux ans ! Te rappelles-tu quand, à Bucarest, jeune et belle, habillée de mousseline, tu m'as dit pour la première fois : « Ah ! tourterelle amoureuse, je ferais volontiers dix ans de bagne, rien que pour baiser les mûres de tes yeux ! » Comme le temps passe ! On dirait que c'était hier ! Et peut-être que le printemps prochain l'alouette chantera déjà au-dessus de ma tombe !

Puis, le considérant avec affection, elle le montrait aux amis :

– Voyez comme il est heureux ! Je mettrais ma main au feu qu'il vient de peloter les nichons d'une garce pour deux sous de platchynta ! Je lui en veux, mais me console quand je pense à toutes ces choses, seule dans ma chambre, en reconnaissant qu'à sa place, je ferais de même ! Il n'y a rien à dire : la roue tourne, tant pis pour ceux qu'elle écrase !

Le soir tombant, à la fin du thé, la porte de la rue s'ouvrait timidement, comme poussée par la main d'un enfant ; l'accordéoniste, chassé huit jours avant, introduisait sa tête. Et Léléa Zinca était toujours là pour lui crier :

– Entre vite, voyou, les voisins te regardent !

C'est avec ce milieu, où habitaient ensemble toute la joie et la misère humaines, qu'Adrien fit connaissance pendant cet été de travail chez Kir Nicolas !

Un milieu aussi riche et aussi nouveau offert à ses yeux avides : la caserne du 11e régiment de cavalerie, à deux pas de la pâtisserie. Kir Nicolas y écoulait beaucoup de platchynta et de craquelins au sésame. Là encore existaient bien des choses que la plupart des gens ignoraient ou connaissaient mal. Adrien les découvrit et en fit sa pâture.

Comme tous les garçons de son âge, Adrien savait que « la caserne est l'endroit où il y a des soldats », et que « les soldats sont des militaires ». La caserne ! C'est ainsi qu'il avait entendu définir cette immense cour sévèrement clôturée où fourmillaient hommes et chevaux, où les trompettes sonnaient sans arrêt, où il y avait un va-et-vient incessant – mais par des portes différentes – de breaks amenant les officiers, de fourragères transportant la paille et le fumier, et au milieu de laquelle s'élevaient de vastes bâtisses aussi sombres que la prison préventive qui lui était contiguë.

Quant à ce qui pouvait bien se passer à l'intérieur de cette cour, Adrien n'en savait pas plus que les autres garçons, mais à la différence de ceux-ci, comme il n'oubliait rien de ce qu'il voyait ou entendait, il s'amusait à confronter en lui-même la légende et la réalité. Ainsi, son discernement précoce saisissait la contradiction qu'il y avait entre la chanson écolière :

Comme est belle la vie de soldat...

et ce que les soldats faisaient et disaient sous ses yeux. Cette chanson-rengaine, Adrien ne l'avait entendue dans la bouche d'aucun soldat, ni lors du recrutement, ni pendant le service, ni après, mais seulement chez les enfants. C'étaient les enfants qui disaient que la vie de soldat était belle, mais pas les soldats, pas un seul soldat.

Ceux-ci, Adrien les avait vus faire et entendus dire autre chose ; et à ce sujet, une image ineffaçable était restée vivante dans la nuit de ses souvenirs d'enfant. Il avait alors sept ans. Comme il rentrait un soir en compagnie de sa mère d'une promenade aux environs de la ville et qu'ils longeaient tous les deux la grille qui ceint la cour du 3e régiment d'artillerie, un soldat qui se tenait immobile derrière les barreaux héla sa mère. Ils s'approchèrent. Le jeune homme mendia « un peu de tabac ». La mère courut lui en acheter un paquet de deux sous, et pendant ce temps Adrien considéra à son aise le visage de l'artilleur qui portait une large blessure :

– Qui t'a fait cette plaie ? demanda l'enfant.

– Mon sergent, répondit l'interrogé.

– Et pourquoi ?

– Quand tu seras soldat, tu verras pourquoi...

Adrien n'oublia plus cette courte scène, qui lui revenait à la mémoire chaque fois que des soldats se rassemblaient et buvaient à la taverne du quartier. Alors il les entendait crier :

– J'ai fait « une aune », il m'en reste encore deux !

Ou :

– Plus que six mois sur mes trois années de bagne !

Puis, les conscrits, chaque automne :

– Frères ! Trois ans de jeunesse perdus !

– Adio, ma belle chevelure !

– Ô mon amie, quand te reverrai-je ?

– Amis, nous allons emplir le vêtement de l'État, le vêtement du diable ; adio liberté !

Enfin, les matelots, qui font cinq années de service, passaient en chantant :

Qu'il soit puni par le Seigneur

Celui qui a inventé l'armée !

Que les vers le rongent tout vivant !

Que sa descendance crève dans le désert !

Donc, il s'agissait de bagne, jeunesse foutue, vêtement du diable, et d'imprécations adressées à celui qui a inventé l'armée. Où étaient-ils alors, ces soldats qui, soi-disant, chantaient :

Combien est belle la vie de soldat !

Armé de son observation personnelle, Adrien alla voir de près la « vie de soldat ».

Il y allait seulement le dimanche, jour d'exercice pour les territoriaux, quand les clients étaient plus nombreux. Après avoir confié sa boutique à la garde d'un compatriote, Kir Nicolas venait au secours de son vendeur régulier. Ce vendeur était un larron. Le pâtissier avait des prises de bec avec lui à chaque règlement de comptes.

– J'ai été volé ! Les soldats me volent, tu le sais bien ! s'écriait-il tous les soirs.

Kir Nicolas se fâchait un peu, acceptait les comptes, puis disait à Adrien :

– Je sais bien que les soldats volent, mais je sais aussi que leur vol est un bon prétexte pour que lui me vole à son tour plus sûrement. Mais ça ne fait rien : il a plus de peine à mentir tous les jours que moi à perdre tous les jours vingt sous.

– Il serait peut-être mieux, objectait Adrien, d'augmenter son salaire pour qu'il n'ait plus besoin de voler.

– Eh oui, mon ami, je l'ai déjà fait une fois, en pensant comme toi, mais une semaine après, les soldats recommencèrent à voler !

Adrien put se convaincre cependant que ces vols étaient souvent réels. Les soldats entouraient les platchyntars dès qu'ils déposaient les *tantours* sur le trépied, et se partageaient aussitôt en trois catégories bien distinctes. Il y avait d'abord les acheteurs honnêtes qui, l'argent à la main, demandaient un craquelin chaud ou de la platchynta qu'ils payaient loyalement. Ensuite les rôdeurs qui procédaient de deux manières différentes : quelques-uns, profitant d'un manque d'attention, chipaient la marchandise sans être aperçus ; d'autres, créatures basses, vrais terroristes, bagnards nés qu'on appelait les « gâtosi », s'approchaient effrontément et demandaient « un morceau de deux sous ». Kir Nicolas reconnaissait le bandit, mais n'osait refuser par crainte de voir son tantour renversé tout de suite dans la poussière. L'homme servi, on le surveillait. Celui-ci, tout en mangeant son morceau, s'éloignait doucement. Alors le patron criait :

– Dis donc, là-bas, tu ne m'as pas payé !

Et le fripon de se retourner avec aplomb :

– Et quoi, sale Albanais, as-tu oublié que je t'ai jeté l'argent à l'avance ? Ou tu veux peut-être que je te flanque ma main sur la figure ?

Kir Nicolas se taisait, regardait Adrien longuement et lui disait en grec :

– Vois-tu cet homme-là ? Eh bien, tant qu'il existera de pareilles brutes, le monde aura besoin de prisons solides !

Enfin, la troisième catégorie était composée de ceux qui n'avaient point d'argent et étaient honnêtes. Là, le spectacle n'était plus comique comme avec les gosses, mais tout à fait triste. Il était douloureux de voir ces visages mâles et maigres de paysans – qui étaient dévorés par une envie aussi forte que celle des enfants – s'allonger, se crisper, devenir ridicules à force de contempler la friandise.

– Comme *elle* sent bon, sacré nom d'un chien !

Sur cette exclamation, ils tournaient le dos, crachaient et s'en allaient.

Parfois, un caporal, en « uniforme de fantaisie », achetait un gros morceau, se tournait vers les badauds et se mettait à s'empiffrer de grosses bouchées. Puis, s'apercevant qu'une recrue avait le bec ouvert et crachait sans cesse, il lui tendait le gâteau « pour y mordre une fois ».

– Tiens, mon vieux, tu as l'air d'être le plus gourmand !

Le naïf paysan avançait la bouche vers le morceau, mais à l'instant même, une gifle appliquée en pleine joue envoyait son képi à terre :

– Cojane puant ! Non, vraiment, croyais-tu que j'allais te laisser mordre ?

Et après, s'essuyant les mains avec son mouchoir, le « gradé » s'approchait de l'homme dupé et battu – dont les yeux brillaient d'une haine impuissante – et lui disait, parmi l'hilarité générale :

– Maintenant, tu sais, il y a moyen de s'arranger. Si tu me laisses aller ce soir chez ta femme, je te paie une livre de platchynta !

L'humilié recevait l'insulte et n'osait rien répondre. Alors, révolté, Kir Nicolas coupait une bonne tranche, la portait au malheureux et lui disait :

– Mange ça, mon garçon. Et si tu veux te plaindre à tes supérieurs, je suis témoin de l'injure qu'on t'a faite.

Le pauvre bougre répondait :

– Hum ! Me plaindre... Les corbeaux ne s'arrachent pas les yeux entre eux !

Convaincu de cette vérité, Kir Nicolas se lamentait en grec :

– Ah ! mon infortuné. Même si un homme entre avec de bons sentiments dans cette usine à malheurs, il en sort avec de mauvais !

Ce mot d'« usine à malheurs », Adrien se rendit compte par lui-même jusqu'à quel point il était vrai.

L'enfant allait partout, à l'intérieur du vaste quartier, des écuries au manège, de l'infirmerie aux ateliers ; partout où il y avait quelque chose à apprendre, Kir Nicolas, tel un Mentor, ne manquait pas d'envoyer son petit Télémaque.

– Va voir ce qui se passe là-bas.

Et là-bas, au coin d'une caserne isolée, Adrien voyait un trompette-major instruisant quelques élèves trompettes. Les gars soufflaient :

– Ta ta-ra ta...

Ce n'était pas bien. Bleu de colère, le sergent se jetait sur l'homme, lui « déménageait » les mâchoires, puis, arrachant de ses mains l'instrument, sonnait :

– Ta ta-ra ta ta !... Voilà... Comme ça !... Quelle sacrée putain celle qui t'a mis au monde !... pose la langue comme je te montre. Et souffle, sec et fort, car c'est pour cela que Dieu t'a donné des poumons !

Adrien regardait les joues tuméfiées des recrues, leurs yeux larmoyants, et s'éloignait en disant :

– Dieu nous a donné des poumons pour souffler dans les trompettes !...

Chez le maréchal-ferrant, Adrien vit le maître forgeron frapper son aide avec le fer rouge quand la guenille dont celui-ci était habillé prenait feu.

Mais ce fut au manège qu'il assista aux plus indicibles cruautés. Là, la recrue ne savait ni monter assez promptement, ni se tenir comme il fallait sur le cheval, ni le manier selon les indications, ni encore moins brandir le lourd sabre qui devait décrire en l'air toutes sortes de mouvements très savants.

Au milieu du manège, à cheval lui aussi et tenant un sabre nu, un sous-lieutenant, maigre comme un squelette et furibond, n'attendait qu'une faute pour rejoindre d'un saut le maladroit et le corriger. La correction consistait en coups de sabre appliqués à plat sur le dos des délinquants. Adrien compta un jour dix coups de sabre appliqués au même homme pendant l'heure que dura l'exercice, et il se demanda dans quel état devait se trouver le dos du malheureux auquel le poète avait dédié sa chanson : *Combien est belle la vie de soldat !*

De tels spectacles le fixèrent définitivement sur la beauté de cette vie. Mais son indignation atteignit le comble lorsqu'il lut un jour dans les journaux qu'un officier de cavalerie avait, de son sabre, percé le corps d'un soldat. Aussi ne fut-il pas trop étonné, huit ans plus tard, en apprenant que le soldat Ipsasoï, de Craïova, puni de trente jours d'arrêts pour avoir eu l'audace d'aller se plaindre au roi Charles, avait, dans la cour de la caserne, déchargé les cinq cartouches de son fusil sur un groupe d'officiers entassés dans un break, tuant les uns et blessant les autres.

Pendant les occupations de la journée, Kir Nicolas se montrait pour Adrien un ami enjoué et de tous les instants. Mais la nuit, alors qu'ils étaient seuls tous les deux, il devenait un homme presque mystérieux. Il arrivait même qu'Adrien s'effrayait parfois, sans cesser pour cela de l'aimer, quand il percevait le vrai fond de son tempérament. Le métier de platchyntar, qui était plein d'attraits pour Adrien et assurait son indépendance, avait aussi ses côtés pénibles. Si la journée se passait en bavardages, flâneries, petites siestes, ventes qui étaient un amusement, la nuit, par contre, était beaucoup plus dure. Il fallait se lever à quatre heures du matin et aller « mettre la main à la pâte » (c'est le cas de le dire). Il est vrai que Kir Nicolas n'obligeait pas le garçon à se lever de si grand matin, mais Adrien le faisait joyeusement, poussé par la sympathie qu'il nourrissait pour son vieil ami.

On fermait boutique après le souper, et on se couchait vers les neuf heures, après avoir brouillé la levure. À minuit, Kir Nicolas se levait et allait pétrir cinquante kilos de farine pendant une heure, puis regagnait son lit pour dormir trois heures encore. Enfin, à quatre heures commençait la fabrication de la platchynta et, en même temps, celle des craquelins. Kir Nicolas dépensait alors une énergie qui le rendait méconnaissable. Les soixante-dix kilos de pâte, dont un tiers était destiné au gâteau et le reste aux craquelins, devaient être transformés en marchandise vendable avant sept heures du matin, sous le risque de voir toute l'affaire compromise. Le vendeur arrivait à cinq heures et chauffait le four. Une heure plus tard, la peine était finie. Gâteaux et craquelins sortant du four en avalanches emplissaient la pâtisserie jusqu'aux combles, chatouillaient le nez de leur arôme et flattaient les yeux de leur couleur vermeille.

C'était bien le meilleur moment. Des centaines d'ouvriers passaient en bandes et raflaient la friandise encore brûlante. Après quoi commençaient le repos, la vente insignifiante et les causeries avec des compatriotes devant un verre.

Le laboratoire où Adrien vécut des heures si émouvantes formait l'arrière-boutique. Venaient ensuite le dépôt de farine et d'ustensiles, et seulement après celui-ci, c'est-à-dire tout au fond de la cour, les deux chambres qui constituaient l'habitation du pâtissier et où Léléa Zinca se morfondait, abîmée dans une perpétuelle mélancolie entre son chat et ses cigarettes.

Ainsi, isolé du monde, enveloppé par les ténèbres, Kir Nicolas redevenait chaque nuit l'homme-nature, tel que les montagnes d'Albanie l'avaient créé, tel qu'il avait été avant d'être offensé par les hommes et mis à genoux par la vie. Plus de visage souriant, plus de mines complaisantes, plus de dos courbé, car il n'y avait plus de client qui lui demandât deux fois son dû, ni de commère qui lui enviât sa fortune ni de goujat qui le menaçât de renverser son tantour, ni d'officier qui lui rappelât d'un regard qu'il était temps de lui porter la platchynta au beurre à la maison. Il n'y avait même plus de Léléa Zinca qui lui reprochât sa maladie, à elle, et sa gaillardise, à lui. Libre de tout et de tous, Kir Nicolas se retrouvait lui-même.

Il était alors beau à voir.

Tête découverte, nu jusqu'à la ceinture, la face embrasée, ses bras musculeux et son buste carré semblaient emportés dans un tourbillon. D'énormes morceaux de pâte lourde, arrachés d'un coup de pétrin, cédaient comme des chiffons sous la violence de son effort. Sur la table à pétrir, le tas se transformait rapidement en longs serpents ; ceux-ci étaient comme mécaniquement sectionnés en cent, deux cents, trois cents boulettes de la grosseur d'un citron. Quelques gestes adroits pour chaque boule et bientôt les craquelins, en files ininterrompues, après avoir décrit une belle courbe, allaient tomber dans la chaudière où Adrien les faisait bouillir. Puis, les ayant sortis, il les amincissait et les parsemait de graines de sésame. Il ne lui restait plus alors qu'à les aligner sur les planches pour les porter au four. Partie banale du travail qui ne plaisait guère à Kir Nicolas : les vulgaires craquelins !

Mais venait ensuite la maîtresse de la maison, la belle au beurre dormant dans l'œuf et le fromage, celle que désiraient toutes les bouches, la succulente platchynta !

Ici, halte !... Arrête-toi, barbouilleur, imposteur, écrivassier sans vergogne ! Il ne s'agit plus de raconter choses et autres : c'est à l'âme même de Kir Nicolas que tu veux toucher. Eh bien, touche donc, mais avec une main pieuse, ou sinon va-t'en au diable !

Adrien couvre la chaudière et ouvre la porte pour sortir les vapeurs. Kir Nicolas s'essuie le front, s'assoit sur un tas de sacs vides et roule une cigarette :

– Adriani... mon amour... Fini avec ces sacrés craquelins !

– Fini, Kir Nicolas... Maintenant, c'est le tour de la platchynta !

– Pla-tchyn-ta... épelle Kir Nicolas.

Et il aspire fortement la fumée du tabac. Son regard, braqué devant lui, dans la nuit que l'aube blanchit, s'élance vers les amours passées, toutes les amours, depuis barba Vanghélis jusqu'à Léléa Zinca :

– Oui, Adriani : la platchynta... C'est elle qui connaît toute ma vie. Allons !

On descend la planche enduite de saindoux. Elle a une surface de quatre mètres carrés, et la voici à son tour à moitié couverte de boulettes et de rondins. Adrien est maintenant debout à côté de son patron. Leurs coudes se touchent presque. Leurs visages sont face à l'aurore. Avant de commencer le pétrissage des boulettes, Kir Nicolas prête l'oreille au vent ; par la porte ouverte, il entend l'impitoyable quinte de toux dont la tuberculeuse est saisie tous les matins. Les chiens aboient.

– Ferme la porte, Adrien.

Adrien la ferme et jette un coup d'œil discret sur le visage de Kir Nicolas, qui est calme, pâle, la bouche entrouverte, les narines dilatées ; ses bons yeux deviennent presque méchants. Mais voici que les mains du pâtissier saisissent chacune une boulette. Par des mouvements rythmiques, elles sont pétries et rendues sphériques. Adrien les passe au saindoux et les range en lignes compactes.

Soudain, les deux mains qui pétrissent se crispent sur la pâte, en même temps que l'homme bombe ses pectoraux et projette une cataracte de sons métalliques qui font trembler les vitres. Sa voix puissante module harmonieusement une chanson sauvage. Il s'oublie. Et cependant que, sous la poussée violente des poumons, son cou se gonfle, devient bleu, que ses cordes vocales semblent près de se briser, ses deux mains s'acharnent à meurtrir, machinalement, interminablement, les mêmes boules.

Adrien, vibrant de tout son être, regarde à la dérobée ce visage contracté par le spasme, dirait-on, de la plus cruelle détresse, ces yeux assombris de douleur, cette bouche tordue, et s'éloigne, respectueux.

Dans quelle langue chante Kir Nicolas ? En grec ? En turc ? En albanais ? Et que dit-il ?

Du sommet de la montagne,

Où il avait vu le jour,

Un jeune homme descend vers la vallée.

Il ne fait pas une promenade ;

Il ne va pas au marché de bestiaux :

Son départ sera peut-être sans retour.

Ah ! oui, il ne reviendra peut-être plus !

Et longtemps, le regard baigné de larmes

D'une bonne mère le poursuit :

– Mon cher enfant, se lamente-t-elle ;

Seule la mère connaît la douleur

Qui ne s'oublie jamais !

Que le Seigneur ne laisse plus en vie

Les mères qui ont perdu leur enfant,

L'enfant qui s'en va dans la terre,

Ou sur les rives étrangères

Où son parler sera raillé,

Où sa douleur et sa joie seront incomprises

Et où chacun lui criera : « Étranger ! »

Kir Nicolas s'arrête... Il contemple ses mains et s'aperçoit que les deux boules, à force d'être pétries et repétries, sont toutes couvertes de petites ampoules qui éclatent. Il les jette dans un coin et commence le feuilletage, ce feuilletage à la main que l'Occident ignore et qui exige une adresse digne d'admiration.

Les boulettes, déjà graissées et reposées, sont prises par deux à la fois et aplaties séparément, avec les mains, jusqu'à la dimension d'une assiette. De nouveau un peu de saindoux, et voici les deux galettes l'une sur l'autre, les bords soudés à l'aide des doigts. Alors commence le « battage ». La plaque de pâte est saisie, lancée en l'air où elle tournoie pour retomber à plat sur la table avec un grand bruit. De volée en volée, elle s'élargit, s'amincit, augmente de taille à vue d'œil. C'est à ce moment que Kir Nicolas, faisant pirouetter sa nappe de pâte transparente au-dessus de sa tête, devient, aux yeux d'Adrien, un héros qui lutte avec de redoutables éléments ennemis. Dans les mains d'un profane, la feuille, plus fine que le plus mince mica, se serait depuis longtemps déchirée en maints morceaux. Mais Kir Nicolas, qui ne la trouve jamais assez fine, l'arrache à la table collante, la fait tourner une fois encore en l'air d'où elle retombe en claquant. Elle couvre maintenant la surface de deux mètres carrés. On la plie en huit. Entre les couches, Adrien étale – à mesure que son patron fait le pliage – un mélange d'œufs battus, de fromage blanc et de sucre. La voilà prête pour le four, la délicieuse platchynta roumaine qui porte, en Orient, le nom grec de *bougatz*. Chez Kir Nicolas, elle est de forme rectangulaire et pèse une livre environ. Tout le monde apprécie sa saveur. Personne ne sait quelle somme de douleur elle enferme.

Ô vous, mangeurs de platchynta d'Orient ! Soyez humains envers les pauvres platchyntars crasseux qui répondent avec un humble sourire à votre noble arrogance !

À présent que les tourtières n'attendent que la minute où elles seront mises au four, Kir Nicolas et Adrien se reposent en dégustant un bon café turc :

– Kir Nicolas, pourquoi es-tu si malheureux la nuit ?

L'interrogé ne répond pas tout de suite. Il fume et considère longuement le garçon curieux. Ses yeux, ses lèvres, son visage sont redevenus bons. Il sourit en lui-même.

– Mon pauvre Adriani !... Tu veux savoir trop de choses. On ne peut pas dire tout ce qu'on sent... Laisse-moi plutôt embrasser le petit ami au bon cœur que tu es !

» Quand tu seras grand, je ne serai plus qu'un souvenir pour toi. Sache donc ceci : l'étranger est une ombre qui porte son pays sur le dos. Cela ne plaît pas aux patriotes et c'est pourquoi l'étranger est partout de trop. Mais il y a pis. Il arrive que l'être dépaysé déplaise à ceux-là mêmes qui l'ont aimé et voilà ce qui est triste.

» À l'époque où j'ai connu la pauvre Zincoutza, tout ce que je faisais et disais était charme pour elle : mes gaucheries, mes boutades, mon roumain estropié, et jusqu'à mes conversations avec des étrangers. Tout l'amusait, tout la faisait rire. Mais dès que les symptômes de la cruelle maladie se manifestèrent, je ne fus plus pour mon aimée qu'une « sale nation ».

» Eh !... Moré Adriani ! Tu ne peux pas te figurer combien c'est dur pour un ami tendre de voir le visage aimé devenir hargneux, et la bouche qui débitait des câlineries proférer des injures. Cela tombe sur notre cœur comme l'eau bouillante sur une belle rose, et si la rose se relève parfois de sa douche, elle n'est plus jamais ce qu'elle a été. J'ai pardonné, bien sûr, mais n'ai pas su oublier que mon amie elle-même s'associait aux plus vulgaires créatures pour cracher, faute d'arguments, sur ce qu'il y a de plus sacré dans un étranger : les lieux où il a vu le jour et a vécu ses instants les plus doux ! Doux, même lorsqu'ils ont été misérables !... Et plus elle bafouait mes chers souvenirs, plus je m'accrochais aux hommes de mon pays qui me les rappelaient. Au début de notre union, j'aurais abandonné volontiers ma peau albanaise, toute tachée de cicatrices, et me serais glissé sous la sienne, mais je n'eus bientôt plus, par sa faute, qu'une passion : revivre mon douloureux passé, m'enivrer avec mes compatriotes, ramener dans ma boutique un morceau d'Albanie.

» Que d'argent, en même temps, jeté par la fenêtre, sommes folles englouties par les médecins, les drogues et les bombances de ma chère et malheureuse Zincoutza ! Des tonnes de platchynta, des milliers et des milliers de craquelins fabriqués par ces pauvres mains en des nuits déchirantes et sacrifiés à l'âme du diable !

» Quand je me suis installé ici, à mon arrivée à Braïla, j'ai voulu prouver à mes voisins que je n'étais pas un rapace. Le jour de l'ouverture, j'ai distribué vingt kilos de platchynta et trois cents craquelins aux petites et grandes bouches du quartier, sans encaisser un sou. Résultat : « Sale Albanais. » Je n'ai pas fait attention, quoique cela me fît mal. J'ai continué, comme tu vois, à rester l'ami des chenapans, un bonhomme tolérant avec ceux qui me dérobent ce qu'ils peuvent et m'injurient autant que cela leur fait plaisir.

» À la caserne également, je me suis montré homme aimable. Ayant pourtant déjà versé à la caisse du régiment la taxe obligatoire, j'ai cru que je pouvais encore consentir de petites attentions. Ainsi, j'ai fait savoir au colonel que j'étais prêt à lui servir une grande platchynta au beurre, fromage et viande, de toute première qualité, chaque fois qu'il m'annoncerait un festin d'officiers ou quelque fête de famille. Résultat de cette amabilité aujourd'hui : fêtes et festins ont soi-disant lieu tous les quinze jours ! Si parfois je boude, on me parle comme s'il s'agissait d'une obligation, non pas d'une gentillesse. Jusqu'aux sergents et adjudants qui viennent se repaître à mon tantour et renvoient le paiement « à la solde », à une solde qui n'est jamais celle où je dois être réglé. Et s'il arrive que, dégoûté de ces procédés, devant un abus trop effronté je regimbe, alors je suis un « sale Albanais » qui « encombre le monde » ; on me renvoie d'un escadron à un autre ; on oublie que j'ai acquitté un droit de vente exigé par les règlements.

» Devant toutes ces injustices, je me tais, m'incline et cherche une consolation en compagnie de mes compatriotes. Je me soûle bassement et dépense, en un seul soir, le bénéfice d'une semaine.

» Mais ce genre de consolation me réserve des lendemains

atroces. Je me rappelle que dans le feu de la bamboche, m'apitoyant avec adresse, plus d'un « cher ami » m'a soulagé d'une somme importante. Vois-tu, mon bon Adrien, donner de l'argent ne me fait rien – car je sais qu'on ne peut pas avoir un cœur, et être en même temps insensible –, mais voir exploiter les sentiments de cette manière-là, ah !... je préférerais mourir !

» Voilà où est mon mal. Pour mes amis, je suis, le plus souvent, une bonne poire. Pour ceux de la caserne, une brebis à tondre. Pour le quartier, un « sale Albanais ». Pour ma pauvre Zincoutza, une « sale nation ». Et je voudrais être un frère pour le monde, mais personne ne le veut. Personne ne veut aider un homme né bon à rester bon, et moins encore, aider à le devenir, celui qui n'a pas eu la chance de naître bon.